Companhia Das Letras

Iracema

JOSÉ MARTINIANO DE ALENCAR nasceu no dia 1º de maio de 1829 em Fortaleza. Filho de um senador do Império, mudou-se para o Rio de Janeiro aos doze anos. Formado em direito, foi deputado em diversas legislaturas pelo Partido Conservador e chegou a ser ministro da Justiça entre 1868 e 1870.

Apesar de atuar também como jornalista, crítico teatral e dramaturgo, sua presença na literatura brasileira é devida, sobretudo, à sua produção como romancista. Norteado por um projeto nacionalista, procurou retraçar a grande saga da formação da nação brasileira através das obras *O guarani* (1857), *Iracema* (1865), *Ubirajara* (1874), *As minas de Prata* (dois volumes, 1865-6) e *A guerra dos mascates* (dois volumes, 1871-3); fazer um registro da vida regional com *O gaúcho* (1870), *O tronco do ipê* (1871), *Til* (1871) e *O sertanejo* (1875); e retratar a vida de seu tempo na corte com os romances urbanos *Lucíola* (1862), *Diva* (1864), *A pata da gazela* (1870), *Senhora* (1875) e *Encarnação* (1877).

Morreu no Rio de Janeiro em 1877, aos 48 anos de idade.

ALFREDO BOSI nasceu em São Paulo, em 1936. Cursou letras neolatinas na Faculdade de Filosofia, Letras e Ciências Humanas da Universidade de São Paulo e estudou filosofia da renascença e estética na Facoltà di Lettere de Florença. Lecionou literatura italiana na USP, onde defendeu doutoramento sobre a narrativa de Pirandello e livre-docência sobre poesia e mito em Leopardi.

Atualmente é professor titular aposentado e professor emérito de literatura brasileira da USP. De 1996 a 1999 foi professor convidado na École des Hautes Études en Sciences Sociales e diretor do Instituto de Estudos Avançados entre 1997 e 2001. Desde 2003, é membro da Academia Brasileira de Letras.

É autor, entre outros livros, de *O pré-modernismo* (1966), *História concisa da literatura brasileira* (1970), *O conto brasileiro contemporâneo* (1975), *O ser e o tempo da poesia* (1977), *Céu, inferno* (1988), *Dialética da colonização* (1992), *Literatura e resistência* (2002), *Brás Cubas em três versões* (2006) e *Ideologia e contraideologia* (2010), os três últimos pela Companhia das Letras.

José de Alencar

Iracema

Lenda do Ceará

Posfácio de
ALFREDO BOSI

2ª edição
4ª reimpressão

COMPANHIA DAS LETRAS

Grafia atualizada segundo o Acordo Ortográfico da Língua Portuguesa de 1990, que entrou em vigor no Brasil em 2009.

Published by Companhia das Letras in association with Penguin Group (USA) Inc.

A pontuação original da obra foi mantida. As poucas interferências no texto de José de Alencar se restringiram apenas às correções dos equívocos tipográficos e à atualização da ortografia, exceto das palavras que ainda estão registradas em dicionários atuais.

PREPARAÇÃO
Silvia Massimini Felix

REVISÃO
Jane Pessoa
Valquíria Della Pozza

Dados Internacionais de Catalogação na Publicação (CIP)
(Câmara Brasileira do Livro, SP, Brasil)

Alencar, José de, 1829-1877.
Iracema: lenda do Ceará / José de Alencar ; posfácio de Alfredo Bosi. — 2ª ed. — São Paulo: Penguin-Companhia das Letras, 2020.

ISBN 978-85-8285-033-6

1. Romance brasileiro I. Bosi, Alfredo. II. Título.

19-31655 CDD-B869.3

Índice para catálogo sistemático:
1. Romances: Literatura brasileira B869.3
Maria Alice Ferreira - Bibliotecária — CRB-8/7964

EDITORA SCHWARCZ S.A.
Rua Bandeira Paulista, 702, cj. 32
04532-002 — São Paulo — SP
Telefone: (11) 3707-3500
www.penguincompanhia.com.br
www.companhiadasletras.com.br
www.blogdacompanhia.com.br

Sumário

À

TERRA NATAL

um filho ausente

Prólogo

(DA PRIMEIRA EDIÇÃO)

Meu amigo.

Este livro o vai naturalmente encontrar em seu pitoresco sítio da várzea, no doce lar, a que povoa a numerosa prole, alegria e esperança do casal.

Imagino que é a hora mais ardente da sesta.

O sol a pino dardeja raios de fogo sobre as areias natais; as aves emudecem; as plantas languem. A natureza sofre a influência da poderosa irradiação tropical, que produz o diamante e o gênio, as duas mais brilhantes expansões do poder criador.

Os meninos brincam na sombra do outão, com pequenos ossos de reses, que figuram a boiada. Era assim que eu brincava, há quantos anos, em outro sítio, não mui distante do seu. A dona da casa, terna e incansável, manda abrir o coco verde, ou prepara o saboroso creme do buriti para refrigerar o esposo, que pouco há recolheu de sua excursão pelo sítio, e agora repousa embalando-se na macia e cômoda rede.

Abra então este livrinho, que lhe chega da corte imprevisto. Percorra suas páginas para desenfastiar o espírito das cousas graves que o trazem ocupado.

Talvez me desvaneça amor do ninho, ou se iludam as reminiscências da infância avivadas recentemente. Se não, creio que, ao abrir o pequeno volume, sentirá uma onda do mesmo aroma silvestre e bravio que lhe vem da várzea.

Derrama-o, a brisa que perpassou nos espatos da carnaúba e na ramagem das aroeiras em flor.

Essa onda é a inspiração da pátria que volve a ela, agora e sempre, como volve de contínuo o olhar do infante para o materno semblante que lhe sorri.

O livro é cearense. Foi imaginado aí, na limpidez desse céu de cristalino azul, e depois vazado no coração cheio das recordações vivaces de uma imaginação virgem. Escrevi-o para ser lido lá, na varanda da casa rústica ou na fresca sombra do pomar, ao doce embalo da rede, entre os múrmuros do vento que crepita na areia, ou farfalha nas palmas dos coqueiros.

Para lá, pois que é o berço seu, o envio.

Mas assim mandado por um filho ausente, para muitos estranho, esquecido talvez dos poucos amigos, e só lembrado pela incessante desafeição, qual sorte será a do livro?

Que lhe falte hospitalidade, não há temer. As auras de nossos campos parecem tão impregnadas dessa virtude primitiva, que nenhuma raça habita aí, que não a inspire com o hálito vital. Receio, sim, que o livro seja recebido como estrangeiro e hóspede na terra dos meus.

Se porém, ao abordar às plagas do Mocoripe, for acolhido pelo bom cearense, prezado de seus irmãos ainda mais na adversidade do que nos tempos prósperos, estou certo que o filho de minha alma achará, na terra de seu pai, a intimidade e conchego da família.

O nome de outros filhos enobrece nossa província na política e na ciência; entre eles o meu, hoje apagado, quando o trazia brilhantemente aquele que primeiro o criou.

Neste momento mesmo, a espada heroica de muito bravo cearense vai ceifando no campo da batalha ampla messe de glória. Quem não pode ilustrar a terra natal, canta as suas lendas, sem metro, na rude toada de seus antigos filhos.

Acolha pois esta primeira mostra para oferecê-la a nossos patrícios a quem é dedicada.

Este pedido foi um dos motivos de lhe endereçar o livro; o outro saberá depois que o tenha lido.

Muita cousa me ocorre dizer sobre o assunto, que talvez devera antecipar à leitura da obra, para prevenir a surpresa de alguns e responder às observações ou reparos de outros.

Mas sempre fui avesso aos prólogos; em meu conceito eles fazem à obra o mesmo que o pássaro à fruta antes de colhida; roubam as primícias do sabor literário. Por isso me reservo para depois.

Na última página me encontrará de novo: então conversaremos a gosto, em mais liberdade do que teríamos neste pórtico do livro, onde a etiqueta manda receber o público com a gravidade e reverência devida a tão alto senhor.

Rio de Janeiro — maio de 1865.
J. de Alencar

Iracema

Lenda do Ceará

I

Verdes mares bravios de minha terra natal, onde canta a jandaia nas frondes da carnaúba;

Verdes mares, que brilhais como líquida esmeralda aos raios do sol nascente, perlongando as alvas praias ensombradas de coqueiros;

Serenai, verdes mares, e alisai docemente a vaga impetuosa, para que o barco aventureiro manso resvale à flor das águas.

Onde vai a afouta jangada, que deixa rápida a costa cearense, aberta ao fresco terral a grande vela?

Onde vai como branca alcíone buscando o rochedo pátrio nas solidões do oceano?

Três entes respiram sobre o frágil lenho que vai singrando veloce, mar em fora.

Um jovem guerreiro cuja tez branca não cora o sangue americano: uma criança e um rafeiro que viram a luz no berço das florestas, e brincam irmãos, filhos ambos da mesma terra selvagem.

A lufada intermitente traz da praia um eco vibrante, que ressoa entre o marulho das vagas:

— Iracema!

O moço guerreiro, encostado ao mastro, leva os olhos presos na sombra fugitiva da terra; a espaços o olhar empanado por tênue lágrima cai sobre o jirau, onde folgam as duas inocentes criaturas, companheiras de seu infortúnio.

Nesse momento o lábio arranca d'alma um agro sorriso.

Que deixara ele na terra do exílio?

Uma história que me contaram nas lindas várzeas onde nasci, à calada da noite, quando a lua passeava no céu argenteando os campos, e a brisa rugitava nos palmares.

Refresca o vento.

O rulo das vagas precipita. O barco salta sobre as ondas e desaparece no horizonte. Abre-se a imensidade dos mares; e a borrasca enverga, como o condor, as foscas asas sobre o abismo.

Deus te leve a salvo, brioso e altivo barco, por entre as vagas revoltas, e te poje nalguma enseada amiga. Soprem para ti as brandas auras: e para ti jaspeie a bonança mares de leite!

Enquanto vogas assim à discrição do vento, airoso barco, volva às brancas areias a saudade, que te acompanha, mas não se parte da terra onde revoa.

II

Além, muito além daquela serra, que ainda azula no horizonte, nasceu Iracema.

Iracema, a virgem dos lábios de mel, que tinha os cabelos mais negros que a asa da graúna, e mais longos que seu talhe de palmeira.

O favo da jati não era doce como seu sorriso; nem a baunilha recendia no bosque como seu hálito perfumado.

Mais rápida que a ema selvagem, a morena virgem corria o sertão e as matas do Ipu, onde campeava sua guerreira tribo, da grande nação tabajara. O pé grácil e nu, mal roçando, alisava apenas a verde pelúcia que vestia a terra com as primeiras águas.

Um dia, ao pino do sol, ela repousava em um claro da floresta. Banhava-lhe o corpo a sombra da oiticica, mais fresca do que o orvalho da noite. Os ramos da acácia silvestre esparziam flores sobre os úmidos cabelos. Escondidos na folhagem os pássaros ameigavam o canto.

Iracema saiu do banho: o aljôfar d'água ainda a roreja, como à doce mangaba que corou em manhã de chuva. Enquanto repousa, empluma das penas do gará as flechas de seu arco, e concerta com o sabiá-da-mata, pousado no galho próximo, o canto agreste.

A graciosa ará, sua companheira e amiga, brinca junto dela. Às vezes sobe aos ramos da árvore e de lá chama a virgem pelo nome: outras remexe o uru de palha matizada, onde traz a selvagem seus perfumes, os alvos fios do crautá, as agulhas da juçara com que tece a renda, e as tintas de que matiza o algodão.

Rumor suspeito quebra a doce harmonia da sesta. Ergue a virgem os olhos, que o sol não deslumbra; sua vista perturba-se.

Diante dela e todo a contemplá-la, está um guerreiro estranho, se é guerreiro e não algum mau espírito da floresta. Tem nas faces o branco das areias que bordam o mar; nos olhos o azul triste das águas profundas. Ignotas armas e tecidos ignotos cobrem-lhe o corpo.

Foi rápido, como o olhar, o gesto de Iracema. A flecha embebida no arco partiu. Gotas de sangue borbulham na face do desconhecido.

De primeiro ímpeto, a mão lesta caiu sobre a cruz da espada; mas logo sorriu. O moço guerreiro aprendeu na religião de sua mãe, onde a mulher é símbolo de ternura e amor. Sofreu mais d'alma que da ferida.

O sentimento que ele pôs nos olhos e no rosto, não o sei eu. Porém a virgem lançou de si o arco e a uiraçaba, e correu para o guerreiro, sentida da mágoa que causara.

A mão que rápida ferira, estancou mais rápida e compassiva o sangue que gotejava. Depois Iracema quebrou a flecha homicida; deu a haste ao desconhecido, guardando consigo a ponta farpada.

O guerreiro falou:

— Quebras comigo a flecha da paz?

— Quem te ensinou, guerreiro branco, a linguagem de meus irmãos? Donde vieste a estas matas, que nunca viram outro guerreiro como tu?

— Venho de bem longe, filha das florestas. Venho das terras que teus irmãos já possuíram, e hoje têm os meus.

— Bem-vindo seja o estrangeiro aos campos dos tabajaras, senhores das aldeias, e à cabana de Araquém, pai de Iracema.

III

O estrangeiro seguiu a virgem através da floresta.

Quando o sol descambava sobre a crista dos montes, e a rola desatava do fundo da mata os primeiros arrulhos, eles descobriram no vale a grande taba; e mais longe, pendurada no rochedo, à sombra dos altos juazeiros, a cabana do Pajé.

O ancião fumava à porta, sentado na esteira de carnaúba, meditando os sagrados ritos de Tupã. O tênue sopro da brisa carmeava, como frocos de algodão, os compridos e raros cabelos brancos. De imóvel que estava, sumia a vida nos olhos cavos e nas rugas profundas.

O Pajé lobrigou os dous vultos que avançavam; cuidou ver a sombra de uma árvore solitária que vinha alongando-se pelo vale fora.

Quando os viajantes entraram na densa penumbra do bosque, então seu olhar como o do tigre, afeito às trevas, conheceu Iracema e viu que a seguia um jovem guerreiro, de estranha raça e longes terras.

As tribos tabajaras, dalém Ibiapaba, falavam de uma nova raça de guerreiros, alvos como flores de borrasca, e vindos de remota plaga às margens do Mearim. O ancião pensou que fosse um guerreiro semelhante, aquele que pisava os campos nativos.

Tranquilo, esperou.

A virgem aponta para o estrangeiro e diz:

— Ele veio, pai.

— Veio bem. É Tupã que traz o hóspede à cabana de Araquém.

Assim dizendo, o Pajé passou o cachimbo ao estrangeiro; e entraram ambos na cabana.

O mancebo sentou-se na rede principal, suspensa no centro da habitação.

Iracema, acendeu o fogo da hospitalidade; e trouxe o que havia de provisões para satisfazer a fome e a sede: trouxe o resto da caça, a farinha-d'água, os frutos silvestres, os favos de mel, o vinho de caju e ananás.

Depois a virgem entrou com a igaçaba, que na fonte próxima enchera de água fresca para lavar o rosto e as mãos do estrangeiro.

Quando o guerreiro terminou a refeição, o velho Pajé apagou o cachimbo e falou:

— Vieste?

— Vim: respondeu o desconhecido.

— Bem-vindo sejas. O estrangeiro é senhor na cabana de Araquém. Os tabajaras têm mil guerreiros para defendê-lo, e mulheres sem conta para servi-lo. Dize, e todos te obedecerão.

— Pajé, eu te agradeço o agasalho que me deste. Logo que o sol nascer, deixarei tua cabana e teus campos aonde vim perdido; mas não devo deixá-los sem dizer-te quem é o guerreiro, que fizeste amigo.

— Foi a Tupã que o Pajé serviu; ele te trouxe, ele te levará. Araquém nada fez pelo hóspede; não pergunta donde vem, e quando vai. Se queres dormir, desçam sobre ti os sonhos alegres; se queres falar, teu hóspede escuta.

O estrangeiro disse:

— Sou dos guerreiros brancos, que levantaram a taba nas margens do Jaguaribe, perto do mar, onde habitam os pitiguaras, inimigos de tua nação. Meu nome é Martim, que na tua língua quer dizer filho de guerreiro; meu sangue, o do grande povo que primeiro viu as terras de tua pátria. Já meus destroçados companheiros voltaram por mar às margens do Paraíba, de onde vieram; e o chefe, desamparado dos seus, atravessa agora os vastos sertões do Apodi. Só eu de tantos fiquei, porque estava entre os pitiguaras de Acaracu, na cabana do bravo Poti, irmão de Jacaúna, que plantou comigo a árvore da amizade. Há três sóis partimos para a caça; e perdido dos meus, vim aos campos dos tabajaras.

— Foi algum mau espírito da floresta que cegou o guerreiro branco no escuro da mata: respondeu o ancião.

A cauã piou, além, na extrema do vale. Caía a noite.

IV

O Pajé vibrou o maracá, e saiu da cabana, porém o estrangeiro não ficou só.

Iracema voltara com as mulheres chamadas para servir o hóspede de Araquém, e os guerreiros vindos para obedecer-lhe.

— Guerreiro branco, disse a virgem, o prazer embale tua rede durante a noite; e o sol traga, luz a teus olhos, alegria à tua alma.

E assim dizendo, Iracema tinha o lábio trêmulo, e úmida a pálpebra.

— Tu me deixas? perguntou Martim.

— As mais belas mulheres da grande taba contigo ficam.

— Para elas a filha de Araquém não devia ter conduzido o hóspede à cabana do Pajé.

— Estrangeiro, Iracema não pode ser tua serva. É ela que guarda o segredo da jurema e o mistério do sonho. Sua mão fabrica para o Pajé a bebida de Tupã.

O guerreiro cristão atravessou a cabana e sumiu-se na treva.

A grande taba erguia-se no fundo do vale, iluminada pelos fachos da alegria. Rugia o maracá; ao quebro lento do canto selvagem, batia a dança em torno a rude cadência. O Pajé inspirado conduzia o sagrado tripúdio e dizia ao povo crente os segredos de Tupã.

O maior chefe da nação tabajara, Irapuã, descera do alto da serra Ibiapaba, para levar as tribos do sertão contra o inimigo pitiguara. Os guerreiros do vale festejam a vinda do chefe, e o próximo combate.

O mancebo cristão viu longe o clarão da festa; passou além e olhou o céu azul sem nuvens. A estrela morta que então brilhava sobre a cúpula da floresta, guiou seu passo firme para as frescas margens do rio das garças.

Quando ele transmontou o vale e ia penetrar na mata, surgiu o vulto de Iracema. A virgem seguira o estrangeiro como a brisa sutil que resvala sem murmurejar por entre a ramagem.

— Por que, disse ela, o estrangeiro abandona a cabana hospedeira sem levar o presente da volta? Quem fez mal ao guerreiro branco na terra dos tabajaras?

O cristão sentiu quanto era justa a queixa; e achou-se ingrato.

— Ninguém fez mal ao teu hóspede, filha de Araquém. Era o desejo de ver seus amigos que o afastava dos campos dos tabajaras. Não levava o presente da volta; mas leva em sua alma a lembrança de Iracema.

— Se a lembrança de Iracema estivesse n'alma do estrangeiro, ela não o deixaria partir. O vento não leva a areia da várzea, quando a areia bebe a água da chuva.

A virgem suspirou:

— Guerreiro branco, espera que Caubi volte da caça. O irmão de Iracema tem o ouvido sutil que pressente a boicininga entre os rumores da mata; e o olhar do oitibó que vê melhor nas trevas. Ele te guiará às margens do rio das garças.

— Quanto tempo se passará antes que o irmão de Iracema esteja de volta na cabana de Araquém?

— O sol, que vai nascer, tornará com o guerreiro Caubi aos campos do Ipu.

— Teu hóspede espera, filha de Araquém; mas se o sol tornando não trouxer o irmão de Iracema, ele levará o guerreiro branco à taba dos pitiguaras.

Martim voltou à cabana do Pajé.

A alva rede, que Iracema perfumara com a resina do beijoim, guardava-lhe um sono calmo e doce.

O cristão adormeceu ouvindo suspirar entre os murmúrios da floresta, o canto mavioso da virgem indiana.

V

O galo-da-campina ergue a poupa escarlate fora do ninho.

Seu límpido trinado anuncia a aproximação do dia.

Ainda a sombra cobre a terra. Já o povo selvagem colhe as redes na grande taba e caminha para o banho. O velho Pajé que velou toda a noite, falando às estrelas, conjurando os maus espíritos das trevas, entra furtivamente na cabana.

Eis retroa o boré pela amplidão do vale.

Travam das armas os rápidos guerreiros, e correm ao campo. Quando foram todos na vasta ocara circular, Irapuã, o chefe, soltou o grito de guerra:

— Tupã deu à grande nação tabajara toda esta terra. Nós guardamos as serras, donde manam os córregos, com os frescos ipus onde cresce a maniva e o algodão; e abandonamos ao bárbaro potiguara, comedor de camarão, as areias nuas do mar, com os secos tabuleiros sem água e sem florestas. Agora os pescadores da praia, sempre vencidos, deixam vir pelo mar a raça branca dos guerreiros de fogo, inimigos de Tupã. Já os emboabas estiveram no Jaguaribe; logo estarão em nossos campos; e com eles os potiguaras. Faremos nós, senhores das aldeias, como a pomba, que se encolhe em seu ninho, quando a serpente enrosca pelos galhos?

O irado chefe brande o tacape e o arremessa no meio do campo. Derrubando a fronte, cobre o rúbido olhar:

— Irapuã falou: disse.

O mais moço dos guerreiros avança:

— O gavião paira nos ares. Quando a nambu levanta, ele cai das nuvens e rasga as entranhas da vítima. O guerreiro tabajara, filho da serra, é como o gavião.

Troa e retroa a pocema da guerra.

O jovem guerreiro erguera o tacape; e por sua vez o brandiu. Girando no ar, rápida e ameaçadora, a arma do chefe passou de mão em mão.

O velho Andira, irmão do Pajé, a deixou tombar, e calcou no chão, com o pé ágil ainda e firme.

Pasma o povo tabajara da ação desusada. Voto de paz em tão provado e impetuoso guerreiro! É o velho herói, que cresceu na sanha, crescendo nos anos, é o feroz Andira quem derrubou o tacape, núncio da próxima luta?

Incertos todos e mudos escutam:

— Andira, o velho Andira, bebeu mais sangue na guerra do que já beberam cauim nas festas de Tupã, todos quantos guerreiros alumia agora a luz de seus olhos. Ele viu mais combates em sua vida, do que luas lhe despiram a fronte. Quanto crânio de potiguara escalpelou sua mão implacável, antes que o tempo lhe arrancasse o primeiro cabelo? E o velho Andira nunca temeu que o inimigo pisasse a terra de seus pais; mas alegrava-se quando ele vinha, e sentia com o faro da guerra a juventude renascer no corpo decrépito, como a árvore seca renasce com o sopro do inverno. A nação tabajara é prudente. Ela deve encostar o tacape da luta para tanger o membi da festa. Celebra, Irapuã, a vinda dos emboabas e deixa que cheguem todos aos nossos campos. Então Andira te promete o banquete da vitória.

Desabriu, enfim, Irapuã a funda cólera:

— Fica tu, escondido entre as igaçabas de vinho, fica, velho morcego, porque temes a luz do dia, e só bebes o sangue da vítima que dorme. Irapuã leva a guerra no punho de seu tacape. O terror que ele inspira voa com o rouco som do boré. O potiguara já tremeu ouvindo rugir na serra, mais forte que o ribombo do mar.

VI

Martim vai a passo e passo por entre os altos juazeiros que cercam a cabana do Pajé.

Era o tempo em que o doce aracati chega do mar, e derrama a deliciosa frescura pelo árido sertão. A planta respira; um suave arrepio erriça a verde coma da floresta.

O cristão contempla o ocaso do sol. A sombra, que desce dos montes e cobre o vale, penetra sua alma. Lembra-se do lugar onde nasceu, dos entes queridos que ali deixou. Sabe ele se tornará a vê-los algum dia?

Em torno carpe a natureza o dia que expira. Soluça a onda trépida e lacrimosa; geme a brisa na folhagem; e o mesmo silêncio anela de opresso.

Iracema parou em face do jovem guerreiro:

— É a presença de Iracema que perturba a serenidade no rosto do estrangeiro?

Martim pousou brandos olhos na face da virgem:

— Não, filha de Araquém: sua presença alegra, como a luz da manhã. Foi a lembrança da pátria que trouxe a saudade ao coração pressago.

— Uma noiva te espera?

O forasteiro desviou os olhos. Iracema dobrou a cabeça sobre a espádua, como a tenra palma da carnaúba, quando a chuva peneira na várzea.

— Ela não é mais doce do que Iracema, a virgem dos lábios de mel, nem mais formosa! murmurou o estrangeiro.

— A flor da mata é formosa quando tem rama que a abrigue, e tronco onde se enlace. Iracema não vive n'alma de um guerreiro: nunca sentiu a frescura do seu sorriso.

Emudeceram ambos, com os olhos no chão, escutando a palpitação dos seios que batiam opressos.

A virgem falou enfim:

— A alegria voltará logo à alma do guerreiro branco; porque Iracema quer que ele veja antes da noite a noiva que o espera.

Martim sorriu do ingênuo desejo da filha do Pajé.

— Vem! disse a virgem.

Atravessaram o bosque e desceram ao vale. Onde morria a falda da colina o arvoredo era basto: densa abóbada de folhagem verde-negra cobria o ádito agreste, reservado aos mistérios do rito bárbaro.

Era de jurema o bosque sagrado. Em torno corriam os troncos rugosos da árvore de Tupã; dos galhos pendiam ocultos pela rama escura os vasos do sacrifício: lastravam o chão as cinzas de extinto fogo, que servira à festa da última lua.

Antes de penetrar no recôndito sítio, a virgem que conduzia o guerreiro pela mão, hesitou, inclinando o ouvido sutil aos suspiros da brisa. Todos os ligeiros rumores da mata tinham uma voz para a selvagem filha do sertão. Nada havia porém de suspeito no intenso respiro da floresta.

Iracema fez ao estrangeiro um gesto de espera e silêncio; logo depois desapareceu no mais sombrio do bosque. O sol ainda pairava suspenso no viso da serrania; e já noite profunda enchia aquela solidão.

Quando a virgem tornou, trazia numa folha gotas de verde e estranho licor vazadas da igaçaba, que ela tirara do seio da terra. Apresentou ao guerreiro a taça agreste.

— Bebe!

Martim sentiu perpassar nos olhos o sono da morte; porém logo a luz inundou-lhe os seios d'alma; a força exuberou em seu coração. Reviveu os dias passados melhor do que os tinha vivido; fruiu a realidade de suas mais belas esperanças.

Ei-lo que volta à terra natal, abraça a velha mãe, revê mais lindo e terno o anjo puro dos amores infantis.

Mas por que, mal de volta ao berço da pátria, o jovem guerreiro de novo deixa o teto paterno e demanda o sertão?

Já atravessa as florestas; já chega aos campos do Ipu. Busca na selva a filha do Pajé. Segue o rasto ligeiro da virgem arisca, soltando à brisa com o crebro suspiro o doce nome:

— Iracema! Iracema!...

Já a alcança e cinge-lhe o braço pelo talhe esbelto.

Cedendo à meiga pressão, a virgem reclinou-se ao peito do guerreiro, e ficou ali trêmula e palpitante como a tímida perdiz, quando o terno companheiro lhe arrufa com o bico a macia penugem.

O lábio do guerreiro suspirou mais uma vez o doce nome, e soluçou, como se chamara outro lábio amante. Iracema sentiu que sua alma se escapava para embeber-se no ósculo ardente.

A fronte reclinara, e a flor do sorriso expandia-se como o nenúfar ao beijo do sol.

Súbito a virgem tremeu; soltando-se rápida do braço que a cingia, travou do arco.

VII

Iracema passou entre as árvores, silenciosa como uma sombra; seu olhar cintilante coava entre as folhas, qual frouxo raio de estrelas; ela escutava o silêncio profundo da noite e aspirava as auras sutis que aflavam.

Parou. Uma sombra resvalava entre as ramas; e nas folhas crepitava um passo ligeiro, se não era o roer de algum inseto.

A pouco e pouco o tênue rumor foi crescendo e a sombra avultou.

Era um guerreiro. De um salto a virgem estava em face dele, trêmula de susto e mais de cólera.

— Iracema! exclamou o guerreiro recuando.

— Anhanga turbou sem dúvida o sono de Irapuã, que o trouxe perdido ao bosque da jurema, onde nenhum guerreiro penetra contra a vontade de Araquém.

— Não foi Anhanga, mas a lembrança de Iracema, que turbou o sono do primeiro guerreiro tabajara. Irapuã desceu de seu ninho de águia para seguir na várzea a garça do rio. Chegou, e Iracema fugiu de seus olhos. As vozes da taba contaram ao ouvido do chefe que um estrangeiro era vindo à cabana de Araquém.

A virgem estremeceu. O guerreiro cravou nela o olhar abrasado;

— O coração aqui no peito de Irapuã, ficou tigre. Pulou de raiva. Veio farejando a presa. O estrangeiro está no bosque, e Iracema o acompanhava. Quero beber-lhe o sangue todo; quando o sangue do guerreiro branco correr nas veias do chefe tabajara, talvez o ame a filha de Araquém.

A pupila negra da virgem cintilou na treva, e de seu lábio borbulhou, como gota do leite cáustico da eufórbia, um sorriso de desprezo:

— Nunca Iracema daria seu seio, que o espírito de Tupã habita só, ao guerreiro mais vil dos guerreiros tabajaras! Torpe é o morcego porque foge da luz e bebe o sangue da vítima adormecida!

— Filha de Araquém, não assanha o jaguar! O nome de Irapuã voa mais longe que o goaná do lago, quando sente a chuva além das serras. Que o guerreiro branco venha, e o seio de Iracema se abra para o vencedor.

— O guerreiro branco é hóspede de Araquém. A paz o trouxe aos campos do Ipu, a paz o guarda. Quem ofender o estrangeiro, ofende o Pajé.

Rugiu de sanha o chefe tabajara:

— A raiva de Irapuã só ouve agora o grito de vingança. O estrangeiro vai morrer.

— A filha de Araquém é mais forte que o chefe dos guerreiros, disse Iracema travando da inúbia. Ela tem aqui a voz de Tupã, que chama seu povo.

— Mas não chamará! respondeu o chefe escarnecendo.

— Não, porque Irapuã vai ser punido pela mão de Iracema. Seu primeiro passo, é o passo da morte.

A virgem retraiu dum salto o avanço que tomara, e vibrou o arco. O chefe cerrou ainda o punho do formidável tacape; mas pela vez primeira sentiu que pesava ao braço robusto. O golpe que deveria ferir Iracema, ainda não alçado, já lhe trespassava, a ele próprio, o coração.

Conheceu quanto o varão forte, é pela sua mesma fortaleza, mais cativo das grandes paixões.

— A sombra de Iracema não esconderá sempre o estrangeiro à vingança de Irapuã. Vil é o guerreiro, que se deixa proteger por uma mulher.

Dizendo estas palavras, o chefe desapareceu entre as árvores. A virgem sempre alerta volveu para o cristão adormecido; e velou o resto da noite a seu lado. As emoções recentes, que agitaram sua alma, a abriram ainda mais a doce afeição, que iam filtrando nela os olhos do estrangeiro.

Desejava abrigá-lo contra todo o perigo, recolhê-lo em si como em um asilo impenetrável. Acompanhando o pensamento, seus braços cingiam a cabeça do guerreiro, e a apertavam ao seio.

Mas quando passou a alegria de o ver salvo dos perigos da noite, entrou-a mais viva inquietação, com a lembrança dos novos perigos que iam surgir.

— O amor de Iracema é como o vento dos areais; mata a flor das árvores: suspirou a virgem.

E afastou-se lentamente.

VIII

A alvorada abriu o dia e os olhos do guerreiro branco. A luz da manhã dissipou os sonhos da noite, e arrancou de sua alma a lembrança do que sonhara. Ficou apenas um vago sentir, como fica na mouta o perfume da flor que o vento da serra desfolha na madrugada.

Não sabia onde estava.

À saída do bosque sagrado encontrou Iracema: a virgem reclinava num tronco áspero do arvoredo; tinha os olhos no chão; o sangue fugira das faces; o coração lhe tremia nos lábios, como gota de orvalho nas folhas do bambu.

Não tinha sorrisos, nem cores, a virgem indiana: não tem borbulhas, nem rosas, a acácia que o sol crestou; não tem azul, nem estrelas, a noite que enlutam os ventos.

— As flores da mata já abriram aos raios do sol; as aves já cantaram: disse o guerreiro. Por que só Iracema curva a fronte e emudece?

A filha do Pajé estremeceu. Assim estremece a verde palma, quando a haste frágil foi abalada; rorejam do espaço as lágrimas da chuva, e os leques ciciam brandamente.

— O guerreiro Caubi vai chegar à taba de seus irmãos. O estrangeiro poderá partir com o sol que vem nascendo.

— Iracema quer ver o estrangeiro fora dos campos dos tabajaras; então a alegria voltará a seu seio.

— A juriti, quando a árvore seca, foge do ninho em

que nasceu. Nunca mais a alegria voltará ao seio de Iracema: ela vai ficar, como o tronco nu, sem ramas, nem sombras.

Martim amparou o corpo trêmulo da virgem; ela reclinou lânguida sobre o peito do guerreiro, como o tenro pâmpano da baunilha que enlaça o rijo galho do angico.

O mancebo murmurou:

— Teu hóspede fica, virgem dos olhos negros: ele fica para ver abrir em tuas faces a flor da alegria, e para sorver, como o colibri, o mel de teus lábios.

Iracema soltou-se dos braços do mancebo, e olhou-o com tristeza:

— Guerreiro branco, Iracema é filha do Pajé, e guarda o segredo da jurema. O guerreiro que possuísse a virgem de Tupã morreria.

— E Iracema?

— Pois que tu morrias!...

Esta palavra foi como um sopro de tormenta. A cabeça do mancebo vergou e pendeu sobre o peito; mas logo se ergueu.

— Os guerreiros de meu sangue trazem a morte consigo, filha dos tabajaras. Não a temem para si, não a poupam para o inimigo. Mas nunca fora do combate eles deixarão aberto o camucim da virgem na taba de seu hóspede. A verdade falou pela boca de Iracema. O estrangeiro deve abandonar os campos dos tabajaras.

— Deve: respondeu a virgem como um eco.

Depois sua voz suspirou:

— O mel dos lábios de Iracema é como o favo que a abelha fabrica no tronco da andiroba: tem na doçura o veneno. A virgem dos olhos azuis e dos cabelos do sol guarda para seu guerreiro na taba dos brancos o mel da açucena.

Martim afastou-se rápido; mas voltou lentamente. A palavra tremia em seu lábio:

— O estrangeiro partirá para que o sossego volte ao seio da virgem.

— Tu levas a luz dos olhos de Iracema, e a flor de sua alma.

Reboa longe na selva um clamor estranho. O olhos do mancebo alongam-se.

— É o grito de alegria do guerreiro Caubi: disse a virgem. O irmão de Iracema anuncia que é chegado aos campos dos tabajaras.

— Filha de Araquém, guia teu hóspede à cabana. É tempo de partir.

Eles caminharam par a par, como dois jovens cervos que ao pôr do sol atravessam a capoeira recolhendo ao aprisco de onde lhes traz a brisa um faro suspeito.

Quando chegavam perto dos juazeiros, viram que passava além o guerreiro Caubi, vergando os ombros robustos ao peso da caça. Iracema caminhou para ele.

O estrangeiro entrou só na cabana.

IX

O sono da manhã pousava nos olhos do Pajé como névoas de bonança pairam ao romper do dia sobre as profundas cavernas da montanha.

Martim parou indeciso; mas o rumor de seu passo penetrou no ouvido do ancião, e abalou seu corpo decrépito.

— Araquém dorme! murmurou o guerreiro devolvendo o passo.

O velho ficou imóvel:

— O Pajé dorme porque já Tupã voltou o rosto para a terra e a luz correu os maus espíritos da treva. Mas o sono é leve nos olhos de Araquém, como o fumo do sapé no cocuruto da serra. Se o estrangeiro veio para o Pajé, fale: seu ouvido escuta.

— O estrangeiro veio, para te anunciar que parte.

— O hóspede é senhor na cabana de Araquém; todos os caminhos estão abertos para ele. Tupã o leve à taba dos seus.

Vieram Caubi e Iracema:

— Caubi voltou: disse o guerreiro tabajara. Traz a Araquém o melhor de sua caça.

— O guerreiro Caubi é um grande caçador de montes e florestas. Os olhos de seu pai gostam de vê-lo.

O velho abriu as pálpebras e cerrou-as logo:

— Filha de Araquém, escolhe para teu hóspede o presente da volta e prepara o moquém da viagem. Se o estrangeiro precisa de guia, o guerreiro Caubi, senhor do caminho, o acompanhará.

O sono voltou aos olhos do Pajé.

Enquanto Caubi pendurava no fumeiro as peças de caça, Iracema colheu sua alva rede de algodão com franjas de penas, e acomodou-a dentro do uru de palha trançada.

Martim esperava na porta da cabana. A virgem veio a ele:

— Guerreiro, que levas o sono de meus olhos, leva minha rede também. Quando nela dormires, falem em tua alma os sonhos de Iracema.

— Tua rede, virgem dos tabajaras, será minha companheira no deserto: venha embora o vento frio da noite, ela guardará para o estrangeiro o calor e o perfume do seio de Iracema.

Caubi saiu para ir à sua cabana, que ainda não tinha visto depois da volta. Iracema foi preparar o moquém da viagem. Ficaram sós na cabana o Pajé que ressonava, e o mancebo com sua tristeza.

O sol, transmontando, já começava a declinar para o ocidente, quando o irmão de Iracema tornou da grande taba.

— O dia vai ficar triste, disse Caubi. A sombra caminha para a noite. É tempo de partir.

A virgem pousou a mão de leve no punho da rede de Araquém.

— Ele vai! murmuraram os lábios trêmulos.

O Pajé levantou-se em pé no meio da cabana e acendeu o cachimbo. Ele e o mancebo trocaram a fumaça da despedida.

— Bem-ido seja o hóspede, como foi bem-vindo à cabana de Araquém.

O velho andou até à porta, para soltar ao vento uma espessa baforada de tabaco: quando o fumo se dissipou no ar, ele murmurou:

— Jurupari se esconda para deixar passar o hóspede do Pajé.

Araquém voltou à rede e dormiu de novo. O mancebo tomou as armas que chegando, suspendera às varas da cabana, e dispôs-se a partir.

Adiante seguiu Caubi; a alguma distância o estrangeiro; logo após, Iracema.

Desceram a colina e entraram na mata sombria. O sabiá-do-sertão, mavioso cantor da tarde, escondido nas moitas espessas da ubaia, soltava já os prelúdios da suave endecha.

A virgem suspirou:

— A tarde é a tristeza do sol. Os dias de Iracema vão ser longas tardes sem manhã, até que venha para ela a grande noite.

O mancebo se voltara. Seu lábio emudeceu, mas os olhos falaram. Uma lágrima correu pela face guerreira, como as umidades que durante os ardores do estio transudam da escarpa dos rochedos.

Caubi avançando sempre, sumira-se entre a densa ramagem.

O seio da filha de Araquém arfou, como o esto da vaga que se franja de espuma e soluça. Mas sua alma, negra de tristura, teve ainda um pálido reflexo para iluminar a seca flor das faces. Assim em noite escura vem um fogo-fátuo luzir nas brancas areias do tabuleiro.

— Estrangeiro, toma o último sorriso de Iracema... e foge!

A boca do guerreiro pousou na boca mimosa da virgem. Ficaram ambos assim unidos como dois frutos gêmeos do araçá, que saíram do seio da mesma flor.

A voz de Caubi chamou o estrangeiro. Iracema abraçou para não cair, o tronco de uma palmeira.

X

Na cabana silenciosa, medita o velho Pajé.

Iracema está apoiada no tronco rudo, que serve de esteio. Os grandes olhos negros, fitos nos recortes da floresta e rasos de pranto, estão naqueles olhares longos e trêmulos enfiando e desfiando os aljôfares das lágrimas, que rorejam as faces.

A ará, pousada no jirau fronteiro, alonga para sua formosa senhora os verdes tristes olhos. Desde que o guerreiro branco pisou a terra dos tabajaras, Iracema a esqueceu.

Os róseos lábios da virgem não se abriram mais para que ela colhesse entre eles a polpa da fruta ou a papa do milho verde: nem a doce mão a afagara uma só vez, alisando a dourada penugem da cabeça.

Se repetia o mavioso nome da senhora, o sorriso de Iracema já não se voltava para ela, nem o ouvido parecia escutar a voz da companheira e amiga, que dantes tão suave era ao seu coração.

Triste dela! A gente tupi a chamava jandaia, porque sempre alegre estrugia os campos com seu canto fremente. Mas agora, triste e muda, desdenhada de sua senhora, não parecia mais a linda jandaia, e sim o feio urutau que somente sabe gemer.

O sol remontou a umbria das serras; seus raios douravam apenas o viso das eminências.

A surdina merencória da tarde, precedendo o silêncio

da noite, começava de velar os crebros rumores do campo. Uma ave noturna, talvez iludida com a sombra mais espessa do bosque, desatou o estrídulo.

O velho ergueu a fronte calva:

— Foi o canto da inhuma que acordou o ouvido de Araquém? disse ele admirado.

A virgem estremecera, e já fora da cabana, voltou-se para responder à pergunta do Pajé:

— É o grito de guerra do guerreiro Caubi!

Quando o segundo pio da inhuma ressoou, Iracema corria na mata, como a corça perseguida pelo caçador. Só respirou chegando à campina, que recortava o bosque, como um grande lago.

Quem seus olhos primeiro viram, Martim, estava tranquilamente sentado em uma sapopema, olhando o que passava ali. Contra, cem guerreiros tabajaras com Irapuã à frente, formavam arco. O bravo Caubi os afrontava a todos, com o olhar cheio de ira e as armas valentes empunhadas na mão robusta.

O chefe exigira a entrega do estrangeiro, e o guia respondera simplesmente:

— Matai Caubi antes.

A filha do Pajé passara como uma flecha; ei-la diante de Martim, opondo também seu corpo gentil aos golpes dos guerreiros. Irapuã soltou o bramido da onça atacada na furna.

— Filha do Pajé, disse Caubi em voz baixa; conduz o estrangeiro à cabana; só Araquém pode salvá-lo.

Iracema voltou-se para o guerreiro branco:

— Vem!

Ele ficou imóvel.

— Se tu não vens, disse a virgem, Iracema morrerá contigo.

Martim ergueu-se; mas longe de seguir a virgem, caminhou direito a Irapuã. Sua espada flamejou no ar.

— Os guerreiros de meu sangue, chefe, jamais recusaram combate. Se aquele que tu vês não foi o primeiro a provocá-lo, é porque seus pais lhe ensinaram a não derramar sangue na terra hospedeira.

O chefe tabajara rugiu de alegria; sua mão possante brandiu o tacape. Mas os dois campeões mal tiveram tempo de medir-se com os olhos; quando fendiam o primeiro golpe, já Caubi e Iracema estavam entre eles.

A filha de Araquém debalde rogava ao cristão, debalde o cingia nos braços buscando arrancá-lo ao combate. De seu lado Caubi em vão provocava Irapuã para atrair a si a raiva do chefe.

A um gesto de Irapuã, os guerreiros afastaram os dois irmãos; o combate prosseguiu.

De repente o rouco som da inúbia reboou pela mata; os filhos da serra estremeceram reconhecendo o estrídulo do búzio guerreiro dos pitiguaras, senhores das praias ensombradas de coqueiros. O eco vinha da grande taba, que o inimigo talvez assaltava já.

Os guerreiros precipitaram, levando por diante o chefe. Com o estrangeiro só ficou a filha de Araquém.

XI

Os guerreiros tabajaras, acorridos à taba, esperavam o inimigo diante da caiçara.

Não vindo ele, saíram a buscá-lo.

Bateram as matas em torno e percorreram os campos; nem vestígios encontraram da passagem dos pitiguaras; mas o conhecido frêmito do búzio das praias tinha ressoado ao ouvido dos guerreiros da montanha; não havia duvidar.

Suspeitou Irapuã que fosse um ardil da filha de Araquém para salvar o estrangeiro, e caminhou direito à cabana do Pajé. Como trota o guará pela orla da mata, quando vai seguindo o rasto da presa escápula, assim estugava o passo o sanhudo guerreiro.

Araquém viu entrar em sua cabana o grande chefe da nação tabajara, e não se moveu. Sentado na rede, com as pernas cruzadas, escutava Iracema. A virgem referia os sucessos da tarde; avistando a figura sinistra de Irapuã, saltou sobre o arco e uniu-se ao flanco do jovem guerreiro branco.

Martim a afastou docemente de si, e promoveu o passo.

A proteção, de que o cercava, a ele guerreiro, a virgem tabajara, o desgostava.

— Araquém, a vingança dos tabajaras espera o guerreiro branco; Irapuã veio buscá-lo.

— O hóspede é amigo de Tupã: quem ofender o estrangeiro ouvirá rugir o trovão.

— O estrangeiro foi quem ofendeu a Tupã, roubando sua virgem, que guarda os sonhos da jurema.

— Tua boca mente como o ronco da jiboia: exclamou Iracema.

Martim disse:

— Irapuã é vil e indigno de ser chefe de guerreiros valentes!

O Pajé falou grave e lento:

— Se a virgem abandonou ao guerreiro branco a flor de seu corpo, ela morrerá; mas o hóspede de Tupã é sagrado; ninguém o ofenderá; Araquém o protege.

Bramiu Irapuã; o grito rouco troou nas arcas do peito, como o frêmito da sucuri na profundeza do rio.

— A raiva de Irapuã não pode mais ouvir-te, velho Pajé! Caia ela sobre ti, se ousares subtrair o estrangeiro à vingança dos tabajaras.

O velho Andira, irmão do Pajé, entrou na cabana; trazia no punho o terrível tacape; e nos olhos uma sanha ainda mais terrível.

— O morcego vem te chupar o sangue, Irapuã, se é que tens sangue e não lama nas veias, tu que ameaças em sua cabana o velho Pajé.

Araquém afastou o irmão:

— Paz e silêncio, Andira.

O Pajé desenvolvera a alta e magra estatura, como a caninana assanhada, que se enrista sobre a cauda, para afrontar a vítima em face. Afundaram-lhe as rugas; e repuxando as peles engelhadas, esbugalharam os dentes alvos e afilados:

— Ousa um passo mais, e as iras de Tupã te esmagarão sob o peso desta mão seca e mirrada!

— Neste momento, Tupã não é contigo! replicou o chefe.

O Pajé riu: e seu riso sinistro reboou pelo espaço como o regougo da ariranha.

— Ouve seu trovão, e treme em teu seio, guerreiro, como a terra em sua profundeza.

Araquém proferindo essa palavra terrível, avançou até o meio da cabana; ali ergueu a grande pedra e calcou o pé com força no chão: súbito abriu-se a terra. Do antro profundo saiu um medonho gemido, que parecia arrancado das entranhas do rochedo.

Irapuã não tremeu, nem enfiou de susto; mas sentiu estremecer a luz nos olhos, e a voz nos lábios.

— O senhor do trovão é por ti; o senhor da guerra será por Irapuã: disse o chefe.

O torvo guerreiro deixou a cabana; com pouco seu grande vulto mergulhou-se nas sombras do crepúsculo.

O Pajé e seu irmão travaram a prática na porta da cabana.

Ainda surpreso do que vira, Martim não tirava os olhos da funda cava, que a planta do velho Pajé abrira no chão da cabana. Um surdo rumor, como o eco das ondas quebrando nas praias, ruidava ali.

Cismava o guerreiro cristão; ele não podia crer que o deus dos tabajaras desse a seu sacerdote tamanho poder.

Percebendo o que passava n'alma do estrangeiro, Araquém acendeu o cachimbo e travou do maracá:

— É tempo de aplacar as iras de Tupã, e calar a voz do trovão.

Disse e partiu da cabana.

Iracema achegou-se então do mancebo; levava os lábios em riso, os olhos em júbilo:

— O coração de Iracema está como o abati n'água do rio. Ninguém fará mal ao guerreiro branco na cabana de Araquém.

— Arreda-te do inimigo, virgem dos tabajaras; respondeu o estrangeiro com aspereza de voz.

Voltando brusco para o lado oposto, furtou o semblante aos olhos ternos e queixosos da virgem.

— Que fez Iracema, para que o guerreiro branco desvie seus olhos, como se ela fora o verme da terra?

As falas da virgem ressoaram docemente no coração

de Martim. Assim ressoam os murmúrios da aragem nas frondes da palmeira. Teve o mancebo desgosto de si, e pena dela:

— Não ouves tu, virgem formosa? exclamou ele, apontando para o antro fremente.

— É a voz de Tupã!

— Teu deus falou pela boca do Pajé: "Se a virgem de Tupã abandonar ao estrangeiro a flor de seu corpo, ela morrerá!".

Iracema deixou pender a fronte abatida:

— Não é a voz de Tupã que ouve teu coração, guerreiro de longes terras, é o canto da virgem loura, que te chama!

O rumor estranho que saía das profundezas da terra, apagou-se de repente: fez-se na cabana tão grande silêncio, que ouvia-se pulsar o sangue na artéria do guerreiro, e tremer o suspiro no lábio da virgem.

XII

O dia enegreceu; era noite já.

O Pajé tornara à cabana; sopesando de novo a grossa laje, fechou com ela a boca do antro. Caubi chegara também da grande taba, onde com seus irmãos guerreiros se recolhera depois que bateram a floresta, em busca do inimigo pitiguara.

No meio da cabana, entre as redes armadas em quadro, estendeu Iracema a esteira da carnaúba, e sobre ela serviu os restos da caça, e a provisão de vinhos da última lua. Só o guerreiro tabajara achou sabor na ceia, porque o fel do coração que a tristeza espreme não amargurava seu lábio.

O Pajé enchia o cachimbo da erva de Tupã; o estrangeiro respirava o ar puro da noite para refrescar o sangue efervescente; a virgem destilava sua alma como o mel de um favo nos crebros soluços que lhe estalavam entre os lábios trêmulos.

Já partiu Caubi para a grande taba; o Pajé traga as baforadas do fumo, que prepara o mistério do rito sagrado.

Levanta-se no ressono da noite um grito vibrante, que remonta ao céu.

Ergue Martim a fronte e inclina o ouvido. Outro clamor semelhante ressoa. O guerreiro murmura, que o ouça a virgem e só ela:

— Escutou, Iracema, cantar a gaivota?

— Iracema escutou o grito de uma ave que ela não conhece.

— É a atiati, a garça-do-mar, e tu és a virgem da serra, que nunca desceu às alvas praias onde arrebentam as vagas.

— As praias são dos pitiguaras, senhores das palmeiras.

Os guerreiros da grande nação que habitava as bordas do mar, se chamavam a si mesmos pitiguaras, senhores dos vales; mas os tabajaras, seus inimigos, por escárnio os apelidavam potiguaras, comedores de camarão.

Temeu Iracema ofender o guerreiro branco; por isso falando dos pitiguaras, não lhes recusou o nome que eles haviam tomado para si.

O estrangeiro reteve por um instante a palavra no lábio prudente, enquanto refletia:

— O canto da gaivota é o grito de guerra do valente Poti, amigo de teu hóspede!

A virgem estremeceu por seus irmãos. A fama do bravo Poti, irmão de Jacaúna, subiu das ribeiras do mar ao cimo da Ibiapaba; rara é a cabana onde já não rugiu contra ele o grito de vingança, porque cada golpe do válido tacape deitou um guerreiro tabajara em seu camucim.

Cuidou Iracema que Poti vinha à frente de seus guerreiros para livrar o amigo. Era ele sem dúvida que fizera retroar o búzio das praias, no momento do combate. Foi com um tom misturado de doçura e tristeza que replicou:

— O estrangeiro está salvo; os irmãos de Iracema vão morrer, porque ela não falará.

— Despede essa tristeza de tua alma. O estrangeiro partindo-se de teus campos, virgem tabajara, não deixará neles rasto de sangue, como o tigre esfaimado.

Iracema tomou a mão do guerreiro branco e beijou-a.

— Teu sorriso, filha do Pajé, apagou a lembrança do mal que eles me querem.

Martim ergueu-se e caminhou para a porta.

— Onde vai o guerreiro branco?

— Ao encontro de Poti.

— O hóspede de Araquém não pode sair desta cabana, porque os guerreiros de Irapuã o matarão.

— Um guerreiro só pede proteção a Deus e a suas armas. Não carece que o defendam os velhos e as mulheres.

— Que vale um guerreiro só contra mil guerreiros? Valente e forte é o tamanduá, que morde os gatos selvagens por serem muitos e o acabam. Tuas armas só chegam até onde mede a sombra de teu corpo; as armas deles voam alto e direito como o anajê.

— Todo o guerreiro tem seu dia.

— Não queres tu que morra Iracema, e queres que ela te deixe morrer!

Martim ficou perplexo.

— Iracema irá ao encontro do chefe pitiguara e trará a seu hóspede as falas do guerreiro amigo.

Saiu enfim o Pajé da sua contemplação. O maracá rugiu-lhe na destra; tiniram os guizos com o passo hirto e lento.

Chamou ele a filha de parte:

— Se os guerreiros de Irapuã vierem contra a cabana, levanta a pedra e esconde o estrangeiro no seio da terra.

— O hóspede não deve ficar só: espere que volte Iracema. Ainda não cantou a inhuma.

Tornou a sentar-se na rede o velho. A virgem partiu, cerrando a porta da cabana.

XIII

Avança a filha de Araquém nas trevas; para e escuta.

O grito da gaivota terceira vez ressoa a seu ouvido; vai direito ao lugar donde partiu; chega à borda de um tanque; seu olhar investiga a escuridão, e nada vê do que busca.

A voz maviosa, débil como sussurro de colibri, murmura:

— Guerreiro Poti, teu irmão branco te chama pela boca de Iracema.

Só o eco respondeu-lhe.

— A filha de teus inimigos vem a ti, porque o estrangeiro te ama, e ela ama o estrangeiro.

Fendeu-se a lisa face do lago e um vulto se mostra, que nada para a margem, e surge fora.

— Foi Martim, quem te mandou, pois tu sabes o nome de Poti, seu irmão na guerra.

— Fala, chefe pitiguara; o guerreiro branco espera.

— Torna a ele e diz que Poti é chegado para o salvar.

— Ele sabe; e mandou-me a ti.

— As falas de Poti sairão de sua boca para o ouvido de seu irmão.

— Espera então que Araquém parta e a cabana fique deserta; eu te guiarei à presença do estrangeiro.

— Nunca, filha dos tabajaras, um guerreiro pitiguara passou a soleira da cabana inimiga, se não foi como vencedor. Conduz aqui o guerreiro do mar.

— A vingança de Irapuã fareja em roda da cabana de Araquém. Trouxe o irmão do estrangeiro bastantes guerreiros pitiguaras para o defender e salvar?

Poti refletiu:

— Conta, virgem das serras, o que sucedeu em teus campos depois que a eles chegou o guerreiro do mar.

Referiu Iracema como a cólera de Irapuã se havia assanhado contra o estrangeiro, até que a voz de Tupã, chamado pelo Pajé, tinha acalmado seu furor:

— A raiva de Irapuã é como a andira: foge da luz e voa nas trevas.

A mão de Poti cerrou súbito os lábios da virgem; sua fala parecia um sopro:

— Suspende a voz e o respiro, virgem das florestas; o ouvido inimigo escuta na sombra.

As folhas crepitavam de manso, como se por elas passasse a fragueira nambu. Um rumor, partido da orla da mata, vinha discorrendo pelo vale.

O valente Poti, resvalando pela relva, como o ligeiro camarão, de que ele tomara o nome e a viveza, desapareceu no lago profundo. A água não soltou um murmúrio, e cerrou sobre ele sua onda límpida.

Voltou Iracema à cabana; em meio do caminho perceberam seus olhos as sombras de muitos guerreiros que rojavam pelo chão como a intanha.

Vendo-a entrar, Araquém partiu.

A virgem tabajara contou a Martim o que ouvira de Poti; o guerreiro cristão ergueu-se de um ímpeto para correr em defesa de seu irmão pitiguara. Cingiu-lhe Iracema o colo com os lindos braços:

— O chefe não carece de ti; ele é filho das águas; as águas o protegem. Mais tarde o estrangeiro escutará as falas do amigo.

— Iracema, é tempo que teu hóspede deixe a cabana do Pajé e os campos dos tabajaras. Ele não tem medo dos guerreiros de Irapuã: tem medo dos olhos da virgem de Tupã.

— Estes fugirão de ti.

— Fuja deles o estrangeiro, como o oitibó da estrela da manhã. Martim promoveu o passo.

— Vai, guerreiro ingrato; vai matar teu irmão primeiro, depois a ti. Iracema te seguirá até aos campos alegres onde vão as sombras dos que morrem.

— Matar meu irmão, dizes tu, virgem cruel.

— Teu rasto guiará o inimigo aonde se oculta o guerreiro do vale.

O cristão estacou em meio da cabana: e ali permaneceu mudo e quedo. Iracema, receosa de fitá-lo, punha os olhos na sombra do guerreiro que a chama projetava na vetusta parede da cabana.

O cão felpudo, deitado no borralho, deu sinal de aproximar-se gente amiga. A porta entretecida dos talos da carnaúba foi aberta por fora. Caubi entrou.

— O cauim perturbou o espírito dos guerreiros; eles vêm contra o estrangeiro.

A virgem ergueu-se de um ímpeto:

— Levanta a pedra que fecha a garganta de Tupã, para que ela esconda o estrangeiro.

O guerreiro tabajara, sopesando a laje enorme, emborcou-a no chão.

— Filho de Araquém, deita-te na porta da cabana, e nunca mais te levantes da terra, se um guerreiro passar por cima de teu corpo.

Caubi obedeceu: a virgem cerrou a porta.

Decorreu breve trato. Ressoa perto o estrupido dos guerreiros; travam-se as vozes iradas de Irapuã e Caubi.

— Eles vêm; mas Tupã salvará seu hóspede.

Nesse instante, como se o deus do trovão ouvisse as palavras de sua virgem, o antro mudo em princípio, retroou surdamente:

— Ouve! É a voz de Tupã.

Iracema cerra a mão do guerreiro e o leva à borda do antro. Somem-se ambos nas entranhas da terra.

XIV

Os guerreiros tabajaras, excitados com as copiosas libações do espumante cauim, se inflamam à voz de Irapuã que tantas vezes os guiou ao combate, quantas à vitória.

Aplaca o vinho a sede do corpo, mas acende outra sede maior na alma feroz. Rugem vingança contra o estrangeiro audaz que afrontando suas armas, ofende o deus de seus pais, e o chefe de guerra, o primeiro varão tabajara.

Lá tripudiam de furor, e arremetem pelas sombras; a luz vermelha do ubiratã, que brilha ao longe, os guia à cabana de Araquém. De espaço em espaço erguem-se do chão os que primeiro vieram para vigiar o inimigo.

— O Pajé está na floresta! murmuraram eles.

— E o estrangeiro? pergunta Irapuã.

— Na cabana com Iracema.

Lança o grande chefe terrível salto; já é chegado à porta da cabana, e com ele seus valentes guerreiros.

O vulto de Caubi enche o vão da porta; suas armas guardam diante dele o espaço de um bote do maracajá.

— Vis guerreiros são aqueles que atacam em bando como os caititus. O jaguar, senhor da floresta, e o anajê, senhor das nuvens, combatem só o inimigo.

— Morda o pó a boca torpe que levanta a voz contra o mais valente guerreiro dos guerreiros tabajaras.

Proferidas estas palavras, ergue o braço de Irapuã o rígido tacape, mas estaca no ar: as entranhas da terra outra vez rugem, como rugiram, quando Araquém acordou a voz tremenda de Tupã.

Levantam os guerreiros medonho alarido, e cercando seu chefe, o arrebatam ao funesto lugar e à cólera de Tupã, contra eles concitado.

Caubi estende-se de novo na soleira da porta; seus olhos adormecem; mas o ouvido sutil vela no sono.

Emudeceu a voz de Tupã.

Iracema e o cristão perdidos nas entranhas da terra, descem a gruta profunda. Súbito, uma voz que vinha reboando pela crasta, encheu seus ouvidos:

— O guerreiro do mar escuta a fala de seu irmão?

— É Poti, o amigo de teu hóspede: disse o cristão para a virgem.

Iracema estremeceu:

— Ele fala pela boca de Tupã.

Martim respondeu enfim ao pitiguara.

— As falas de Poti entram n'alma de seu irmão.

— Nenhum outro ouvido escuta?

— Os da virgem que duas vezes em um sol defendeu a vida de teu irmão!

— A mulher é fraca, o tabajara traidor, e o irmão de Jacaúna prudente.

Iracema suspirou e pousou a cabeça no peito do mancebo:

— Senhor de Iracema, cerra seus ouvidos para que ela não ouça.

Martim repeliu docemente a gentil fronte:

— Fale o chefe pitiguara; só o escutam ouvidos amigos e fiéis.

— Tu ordenas, Poti fala. Antes que o sol se levante na serra, o guerreiro do mar deve partir para as margens do ninho das garças; a estrela morta o guiará. Nenhum tabajara o seguirá, porque a inúbia dos pitiguaras rugirá da banda da serra.

— Quantos guerreiros pitiguaras acompanham seu chefe valente?

— Nenhum; Poti veio só. Quando os espíritos maus das florestas separaram o guerreiro do mar de seu irmão, Poti veio em seguimento do rasto. Seu coração não deixou que voltasse para chamar os guerreiros de sua taba: mas despediu o cão fiel ao grande Jacaúna.

— O chefe pitiguara está só: não deve rugir a inúbia que chamará contra si todos os guerreiros tabajaras.

— Assim é preciso para salvar o irmão branco; Poti zombará de Irapuã, como zombou quando combatiam cem contra ti.

A filha do Pajé que ouvia calada, debruçou-se ao ouvido do cristão:

— Iracema quer te salvar e a teu irmão; ela tem seu pensamento. O chefe pitiguara é valente e audaz; Irapuã é manhoso e traiçoeiro como a acauã. Antes que chegues à floresta, cairás; e teu irmão da outra banda cairá contigo.

— Que fará a virgem tabajara para salvar o estrangeiro e seu irmão? perguntou Martim.

— A lua das flores vai nascer. É o tempo da festa, em que os guerreiros tabajaras passam a noite no bosque sagrado, e recebem do Pajé os sonhos alegres. Quando estiverem todos adormecidos, o guerreiro branco deixará os campos de Ipu, e os olhos de Iracema, mas sua alma, não.

Martim estreitou a virgem ao seio; mas logo a repeliu. O toque de seu corpo, doce como a açucena da mata, e macio como o ninho do beija-flor, magoou seu coração, porque lhe recordou as palavras terríveis do Pajé.

A voz do cristão transmitiu a Poti o pensamento de Iracema; o chefe pitiguara, prudente como o tamanduá, pensou e respondeu:

— A sabedoria falou pela boca da virgem tabajara. Poti espera o nascimento da lua.

XV

Nasceu o dia e expirou.

Já brilha na cabana de Araquém o fogo, companheiro da noite. Correm lentas e silenciosas no azul do céu, as estrelas, filhas da lua, que esperam a volta da mãe ausente.

Martim se embala docemente; e como a alva rede que vai e vem, sua vontade oscila de um a outro pensamento. Lá o espera a virgem loura dos castos afetos; aqui lhe sorri a virgem morena dos ardentes amores.

Iracema recosta-se langue ao punho da rede; seus olhos negros e fúlgidos, ternos olhos de sabiá, buscam o estrangeiro, e lhe entram n'alma. O cristão sorri; a virgem palpita; como o saí, fascinado pela serpente, vai declinando o lascivo talhe, que se debruça enfim sobre o peito do guerreiro.

Já o estrangeiro a preme ao seio; e o lábio ávido busca o lábio que o espera, para celebrar nesse ádito d'alma, o himeneu do amor.

No recanto escuro o velho Pajé, imerso em funda contemplação e alheio às cousas deste mundo, soltou um gemido doloroso. Pressentira o coração o que não viram os olhos? Ou foi algum funesto presságio para a raça de seus filhos, que assim ecoou n'alma de Araquém?

Ninguém o soube.

O cristão repeliu do seio a virgem indiana. Ele não deixará o rasto da desgraça na cabana hospedeira. Cerra os olhos para não ver; e enche sua alma com o nome e a veneração de seu Deus:

— Cristo!... Cristo!...

Volta a serenidade ao seio do guerreiro branco, mas todas as vezes que seu olhar pousa sobre a virgem tabajara, ele sente correr-lhe pelas veias uma onda de ardente chama. Assim quando a criança imprudente revolve o brasido de intenso fogo, saltam as faúlhas inflamadas que lhe queimam as faces.

Fecha os olhos o cristão, mas na sombra de seu pensamento surge a imagem da virgem, talvez mais bela. Embalde chama o sono às pálpebras fatigadas; abrem-se, malgrado seu.

Desce-lhe do céu ao atribulado pensamento uma inspiração:

— Virgem formosa do sertão, esta é a última noite que teu hóspede dorme na cabana de Araquém, onde nunca viera, para teu bem e seu. Faze que seu sono seja alegre e feliz.

— Manda; Iracema te obedece. Que pode ela para tua alegria?

O cristão falou submisso, para que não o ouvisse o velho Pajé:

— A virgem de Tupã guarda os sonhos da jurema que são doces e saborosos!

Um triste sorriso pungiu os lábios de Iracema:

— O estrangeiro vai viver para sempre à cintura da virgem branca; nunca mais seus olhos verão a filha de Araquém, e ele já quer que o sono feche suas pálpebras, e que o sonho o leve à terra de seus irmãos!

— O sono é o descanso do guerreiro, disse Martim; e o sonho a alegria d'alma. O estrangeiro não quer levar consigo a tristeza da terra hospedeira, nem deixá-la no coração de Iracema!

A virgem ficou imóvel.

— Vai, e torna com o vinho de Tupã.

Quando Iracema foi de volta, já o Pajé não estava na cabana; tirou a virgem do seio o vaso que ali trazia oculto sob a carioba de algodão entretecida de penas. Martim lho arrebatou das mãos, e libou as gotas do verde e amargo licor.

Agora podia viver com Iracema, e colher em seus lábios o beijo, que ali viçava entre sorrisos, como o fruto na corola da flor. Podia amá-la, e sugar desse amor o mel e o perfume, sem deixar veneno no seio da virgem.

O gozo era vida, pois o sentia mais forte e intenso; o mal era sonho e ilusão, que da virgem não possuía senão a imagem.

Iracema afastara-se opressa e suspirosa.

Abriram-se os braços do guerreiro adormecido e seus lábios; o nome da virgem ressoou docemente.

A juruti, que divaga pela floresta, ouve o terno arrulho do companheiro; bate as asas, e voa a conchegar-se ao tépido ninho. Assim a virgem do sertão, aninhou-se nos braços do guerreiro.

Quando veio a manhã, ainda achou Iracema ali debruçada, qual borboleta que dormiu no seio do formoso cacto. Em seu lindo semblante acendia o pejo vivos rubores; e como entre os arrebóis da manhã cintila o primeiro raio do sol, em suas faces incendidas rutilava o primeiro sorriso da esposa, aurora de fruído amor.

A jandaia fugira ao romper d'alva e para não tornar mais à cabana.

Vendo Martim a virgem unida ao seu coração, cuidou que o sonho continuava; cerrou os olhos para torná-los a abrir.

A pocema dos guerreiros, troando pelo vale, o arrancou ao doce engano: sentiu que já não sonhava, mas vivia. Sua mão cruel abafou nos lábios da virgem o beijo que ali se espanejava.

— Os beijos de Iracema são doces no sonho; o guerreiro branco encheu deles sua alma. Na vida, os lábios da virgem de Tupã, amargam e doem como o espinho da jurema.

A filha de Araquém escondeu no coração a sua ventura. Ficou tímida e inquieta, como a ave que pressente a borrasca no horizonte. Afastou-se rápida, e partiu.

As águas do rio banharam o corpo casto da recente esposa.

Tupã já não tinha sua virgem na terra dos tabajaras.

XVI

O alvo disco da lua surgiu no horizonte.

A luz brilhante do sol empalideceu a virgem do céu, como o amor do guerreiro desmaia a face da esposa.

— Jaci!... Mãe nossa!... exclamaram os guerreiros tabajaras.

E brandindo os arcos, lançaram ao céu com a chuva das flechas, o canto da lua nova:

"Veio no céu a mãe dos guerreiros; já volta o rosto para ver seus filhos. Ela traz as águas, que enchem os rios e a polpa do caju.

"Já veio a esposa do sol; já sorri às virgens da terra, filhas suas. A doce luz acende o amor no coração dos guerreiros e fecunda o seio da jovem mãe."

Cai a tarde.

Folgam as mulheres e os meninos na vasta ocara; os mancebos, que ainda não ganharam nome na guerra por algum feito brilhante, discorrem no vale.

Os guerreiros seguem Irapuã ao bosque sagrado, onde os espera o Pajé e sua filha para o mistério da jurema. Iracema já acendeu os fogos da alegria. Araquém está imóvel e extático no seio de uma nuvem de fumo.

Cada guerreiro que chega depõe a seus pés uma oferenda a Tupã. Traz uma suculenta caça; outro a farinha-d'água; aquele o saboroso piracém da traíra. O velho Pajé, para quem são estas dádivas, as recebe com desdém.

Quando foram todos sentados em torno do grande fogo, o ministro de Tupã ordena o silêncio com um gesto, e três vezes clamando o nome terrível, enche-se do deus, que o habita:

— Tupã!... Tupã!... Tupã!...

De grota em grota o eco ao longe repercutiu.

Vem Iracema com a igaçaba cheia do verde licor. Araquém decreta os sonhos a cada guerreiro, e distribui o vinho da jurema, que transporta ao céu o valente tabajara.

Este, grande caçador, sonha que os veados e as pacas correm de encontro às suas flechas para se traspassarem nelas; fatigado por fim de ferir, cava na terra o bucã, e assa tamanha quantidade de caça, que mil guerreiros em um ano não acabariam.

Outro, fogoso em amores, sonha que as mais belas virgens tabajaras deixam a cabana de seus pais e o seguem cativas de seu querer. Nunca a rede de chefe algum embalou mais voluptuosas carícias, do que ele frui naquele êxtase.

O herói, sonha tremendas lutas e horríveis combates, de que sai vencedor, cheio de glória e fama. O velho renasce na prole numerosa, e como o seco tronco, donde rebenta nova e robusta sebe, ainda cobre-se de flores.

Todos sentem a felicidade tão viva e contínua, que no espaço da noite cuidam viver muitas luas. As bocas murmuram: o gesto fala; e o Pajé, que tudo escuta e vê, colhe o segredo no íntimo d'alma.

Iracema, depois que ofereceu aos chefes o licor de Tupã, saiu do bosque. Não permitia o rito que ela assistisse ao sono dos guerreiros e ouvisse falar os sonhos.

Foi dali direito à cabana, onde a esperava Martim:

— Toma tuas armas, guerreiro branco. É tempo de partir.

— Leva-me aonde está Poti, meu irmão.

A virgem caminhou para o vale; o cristão a seguiu. Chegaram à falda do rochedo, que ia morrer à beira do tanque, em um maciço de verdura.

— Chama teu irmão!

Soltou Martim o grito da gaivota. A pedra que fechava a entrada da gruta caiu; e o vulto do guerreiro Poti apareceu na sombra.

Os dois irmãos encostaram a fronte na fronte e o peito no peito, para exprimir que não tinham ambos mais que uma cabeça e um coração.

— Poti está contente porque vê seu irmão, que o mau espírito da floresta arrebatou de seus olhos.

— Feliz é o guerreiro que tem ao flanco um amigo como o bravo Poti; todos os guerreiros o invejarão.

Iracema suspirou, pensando que a afeição do pitiguara bastava à felicidade do estrangeiro.

— Os guerreiros tabajaras dormem. A filha de Araquém vai guiar os estrangeiros.

Seguiu a virgem adiante; os dois guerreiros após. Quando tinham andado o espaço que transpõe a garça de um voo, o chefe pitiguara tornou-se inquieto, e murmurou ao ouvido do cristão:

— Manda à filha do Pajé que volte à cabana de seu pai. Ela demora a marcha dos guerreiros.

Martim estremeceu: mas a voz da prudência e da amizade penetrou em seu coração. Avançou para Iracema, e tirou do seio a voz mais terna para acalentar a saudade da virgem:

— Quanto mais afunda a raiz da planta na terra, mais custa arrancá-la. Cada passo de Iracema no caminho da partida, é uma raiz que lança no coração de seu hóspede.

— Iracema quer te acompanhar até onde acabam os campos dos tabajaras, para voltar com o sossego em seu coração.

Martim não respondeu. Continuaram a caminhar, e com eles caminhava a noite: as estrelas desmaiaram, e a frescura da alvorada alegrou a floresta. As roupas da manhã, alvas como o algodão, apareceram no céu.

Poti olhou a mata e parou. Martim compreendeu e disse a Iracema:

— Teu hóspede já não pisa os campos dos tabajaras. É o instante de separar-te dele.

XVII

Iracema pousou a mão no peito do guerreiro branco:

— A filha dos tabajaras já deixou os campos de seus pais: agora pode falar.

— Que segredo guardas em teu seio, virgem formosa do sertão?

— Iracema não pode mais separar-se do estrangeiro.

— Assim é preciso, filha de Araquém. Torna à cabana de teu velho pai, que te espera.

— Araquém já não tem filha.

Martim tornou com gesto rudo e severo:

— Um guerreiro de minha raça jamais deixou a cabana do hóspede, viúva de sua alegria. Araquém abraçará sua filha, para não amaldiçoar o estrangeiro ingrato.

Curvou a virgem a fronte; velando-se com as longas tranças negras que se espargiam pelo colo, cruzando ao grêmio os lindos braços, recolheu em seu pudor. Assim o róseo cacto, que já desabrochou em linda flor, cerra em botão o seio perfumado.

— Iracema te acompanhará, guerreiro branco; porque ela já é tua esposa.

Martim estremeceu.

— Os maus espíritos da noite turbaram o espírito de Iracema.

— O guerreiro branco sonhava, quando Tupã abandonou sua virgem. A filha do Pajé traiu o segredo da jurema.

O cristão escondeu as faces à luz.

— Deus!... clamou seu lábio trêmulo.

Permaneceram ambos mudos e quedos.

Afinal disse Poti:

— Os guerreiros tabajaras despertam.

O coração da virgem, como o do estrangeiro, ficou surdo à voz da prudência. O sol levantou-se no horizonte: e o seu olhar majestoso desceu dos montes à floresta. Poti de pé, mudo e quedo, como um tronco decepado esperou que seu irmão quisesse partir.

Foi Iracema quem primeiro falou:

— Vem: enquanto não pisares as praias dos pitiguaras, tua vida corre perigo.

Martim seguiu silencioso a virgem, que fugia entre as árvores como a selvagem cutia. A tristeza lhe confrangia o coração; mas a onda de perfumes que deixava na brisa a passagem da formosa tabajara, açulava o amor no seio do guerreiro. Seu passo era tardo, o peito lhe ofegava.

Poti cismava. Em sua cabeça de mancebo morava o espírito de um abaeté. O chefe pitiguara pensava que o amor é como o cauim, o qual bebido com moderação, fortalece o guerreiro, e tomado em excesso, abate a coragem do herói. Ele sabia quanto era veloz o pé do tabajara: e esperava o momento de morrer defendendo o amigo.

Quando as sombras da tarde entristeciam o dia, o cristão parou no meio da mata. Poti acendeu o fogo da hospitalidade. A virgem desdobrou a alva rede de algodão franjada de penas de tucano, e suspendeu-a aos ramos da árvore:

— Esposo de Iracema, tua rede te espera.

A filha de Araquém foi sentar-se longe, na raiz de uma árvore, como a cerva solitária, que o ingrato companheiro afugentou do aprisco. O guerreiro pitiguara desapareceu na espessura da folhagem.

Martim ficou mudo e triste, semelhante ao tronco d'árvore a que o vento arrancou o lindo cipó que o entrelaçava. A brisa perpassando levou um murmúrio:

— Iracema!

Era o balido do companheiro; a cerva arrufando-se ganhou o doce aprisco.

A floresta destilava suave fragrância e exalava arpejos harmoniosos: os suspiros do coração se difundiram nos múrmuros do deserto. Foi a festa do amor e o canto do himeneu.

Já a luz da manhã coou na selva densa. A voz grave e sonora de Poti repercutiu no sussurro da mata:

— O povo tabajara caminha na floresta!

Iracema arrancou-se dos braços que a cingiam e do lábio que a tinha cativa: saltando da rede como a rápida zabelê, travou das armas do esposo e levou-o através da mata.

De espaço a espaço, o prudente Poti escutava as entranhas da terra; sua cabeça movia-se pesada de um a outro lado, como a nuvem que se balança no cocuruto do rochedo, aos vários lufos da próxima borrasca.

— O que escuta o ouvido do guerreiro Poti?

— Escuta o passo veloz do povo tabajara. Ele vem como o tapir rompendo a floresta.

— O guerreiro pitiguara é a ema que voa sobre a terra; nós o seguiremos como suas asas: disse Iracema.

O chefe sacudiu de novo a fronte:

— Enquanto o guerreiro do mar dormia, o inimigo correu. Os que primeiro partiram já avançam além com as pontas do arco.

A vergonha mordeu o coração de Martim:

— Fuja o chefe Poti e salve Iracema. Só deve morrer o guerreiro mau, que não escutou a voz de seu irmão e o pedido de sua esposa.

Martim arrepiou o passo:

— Não foi a alma do guerreiro do mar, que falou. Poti e seu irmão só têm uma vida.

O lábio de Iracema não falou; sorriu.

XVIII

Treme a selva com o estrupido da carreira do povo tabajara.

O grande Irapuã, primeiro, assoma entre as árvores. Seu olhar rúbido viu o guerreiro branco entre nuvens de sangue: o ronco bravio do tigre rompe de seu peito cavernoso.

O chefe tabajara e seu povo iam precipitar sobre os fugitivos, como a vaga encapelada que arrebenta no Mocoripe.

Eis late o cão selvagem.

O amigo de Martim solta o grito da alegria:

— O cão de Poti guia os guerreiros de sua taba em socorro teu.

O rouco búzio dos pitiguaras estruge pela floresta. O grande Jacaúna, senhor das praias do mar, chegava do rio das garças com seus melhores guerreiros.

Os pitiguaras recebem o primeiro ímpeto do inimigo nas pontas irriçadas de suas flechas, que eles despedem do arco aos molhos, como o cuandu os espinhos do seu corpo. Logo após soa a pocema, estreita-se o espaço, e a luta se trava face a face.

Jacaúna atacou Irapuã. Prossegue o horrível combate que bastara a dez bravos, e não esgotou ainda a força dos grandes chefes. Quando os dois tacapes se encontram, a batalha toda estremece, como um só guerreiro, até as entranhas.

O irmão de Iracema veio direito ao estrangeiro, que arrancara a filha de Araquém à cabana hospitaleira; o faro da vingança o guia; a vista da irmã assanha a raiva em seu peito. O guerreiro Caubi assalta com furor o inimigo.

Iracema, unida ao flanco de seu guerreiro e esposo, viu de longe Caubi e falou assim:

— Senhor de Iracema, ouve o rogo de tua escrava; não derrama o sangue do filho de Araquém. Se o guerreiro Caubi tem de morrer, morra ele por esta mão, não pela tua.

Martim pôs no rosto da virgem olhos de horror:

— Iracema matará seu irmão?

— Iracema antes quer que o sangue de Caubi tinja sua mão que a tua: porque os olhos de Iracema veem a ti, e a ela não.

Travam a luta os guerreiros. Caubi combate com furor; o cristão defende-se apenas: mas a seta embebida no arco da esposa guarda a vida do guerreiro contra os botes do inimigo.

Poti já prostrou o velho Andira e quantos guerreiros topou na luta seu válido tacape. Martim lhe abandona o filho de Araquém e corre sobre Irapuã:

— Jacaúna é um grande chefe, seu colar de guerra dá três voltas ao peito. O tabajara pertence ao guerreiro branco.

— A vingança é a honra do guerreiro, e Jacaúna preza o amigo de Poti.

O grande chefe pitiguara levou além o formidável tacape. Renhiu-se o combate entre Irapuã e Martim. A espada do cristão batendo na clava do selvagem, fez-se em pedaços. O chefe tabajara avançou contra o peito inerme do adversário.

Iracema silvou como a boicininga: e arrojou-se contra a fúria do guerreiro tabajara. A arma rígida tremeu na destra possante do chefe e o braço caiu-lhe desfalecido.

Soava a pocema da vitória. Os guerreiros pitiguaras conduzidos por Jacaúna e Poti varriam a floresta. Fugindo, os tabajaras arrebataram seu chefe ao ódio da filha de Araquém que o podia abater, como a jandaia abate o prócero coqueiro roendo-lhe o cerne.

Os olhos de Iracema, estendidos pela floresta, viram o chão juncado de cadáveres de seus irmãos; e longe o bando dos guerreiros tabajaras que fugia em nuvem negra de pó. Aquele sangue que enrubescia a terra, era o mesmo sangue brioso que lhe ardia nas faces de vergonha.

O pranto orvalhou seu lindo semblante.

Martim afastou-se para não envergonhar a tristeza de Iracema.

XIX

Poti voltou de perseguir o inimigo. Seus olhos se encheram de alegria, vendo salvo o guerreiro branco.

O cão fiel o seguia de perto, lambendo ainda nos pelos do focinho a marugem do sangue tabajara, de que se fartara; o senhor o acariciava satisfeito de sua coragem e dedicação. Fora ele quem salvara Martim, trazendo ali com tanta diligência os guerreiros de Jacaúna.

— Os maus espíritos da floresta podem separar outra vez o guerreiro branco de seu irmão pitiguara. O cão te seguirá daqui em diante, para que mesmo de longe Poti acuda a teu chamado.

— Mas o cão é teu companheiro e amigo fiel.

— Mais amigo e companheiro será de Poti, servindo a seu irmão que a ele. Tu o chamarás Japi; e será o pé ligeiro com que de longe corramos um para o outro.

Jacaúna deu o sinal da partida.

Os guerreiros pitiguaras caminharam para as margens alegres do rio onde bebem as garças; ali se erguia a grande taba dos senhores das várzeas.

O sol deitou-se e de novo se levantou no céu. Os guerreiros chegaram aonde a serra quebrava para o sertão; já tinham passado aquela parte da montanha, que por ser despida de arvoredo e tosquiada como a capivara, a gente de Tupã chamava Ibiapina.

Poti levou o cristão aonde crescia um frondoso jatobá, que afrontava as árvores do mais alto píncaro da serrania, e quando batido pela rajada, parecia varrer o céu com a imensa copa.

— Neste lugar nasceu teu irmão: disse o pitiguara.

Martim estreitou ao peito o tronco amigo:

— Jatobá, que viste nascer meu irmão Poti, o estrangeiro te abraça.

— O raio te decepe, árvore do guerreiro Poti, quando seu irmão o abandonar.

Depois o chefe assim falou:

— Ainda Jacaúna não era um guerreiro, Jatobá, o maior chefe, conduzia os pitiguaras à vitória. Logo que as grandes águas correram, ele caminhou para a serra. Aqui chegando, mandou levantar a taba, para estar perto do inimigo e vencê-lo mais vezes. A mesma lua que o viu chegar, alumiou a rede onde Saí, sua esposa, lhe deu mais um guerreiro de seu sangue. O luar passava entre as folhas do jatobá; e o sorriso pelos lábios do varão possante, que tomara seu nome e robustez.

Iracema aproximou-se.

A rola, que marisca na areia, se afasta-se o companheiro, adeja inquieta de ramo em ramo e arrulha para que lhe responda o ausente amigo. Assim a filha das florestas errara pelas encostas, modulando o singelo canto mavioso.

Martim a recebeu com a alma no semblante; e levando a esposa do lado do coração e o amigo do lado da força, voltou ao rancho dos pitiguaras.

XX

A lua cresceu.

Três sóis havia que Martim e Iracema estavam nas terras dos pitiguaras, senhores das margens do Camucim e Acaracu. Os estrangeiros tinham sua rede na vasta cabana de Jacaúna. O valente chefe guardou para si o prazer de hospedar o guerreiro branco.

Poti abandonou sua taba para acompanhar seu irmão de guerra na cabana de seu irmão de sangue, e gozar dos instantes que sobejavam para a amizade, no coração do guerreiro do mar.

A sombra já se retirou da face da terra: e Martim viu que ela não se retirara ainda de face da esposa, desde o dia do combate.

— A tristeza mora n'alma de Iracema!

— A alegria para a esposa só vem de ti; quando teus olhos a deixam, as lágrimas enchem os seus.

— Por que chora a filha dos tabajaras?

— Esta é a taba dos pitiguaras, inimigos de seu povo. A vista de Iracema já conheceu o crânio de seus irmãos espetado na caiçara; seu ouvido já escutou o canto de morte dos cativos tabajaras; a mão já tocou as armas tintas do sangue de seus pais.

A esposa pousou as duas mãos nos ombros do guerreiro, e reclinou ao peito dele:

— Iracema tudo sofre por seu guerreiro e senhor. A

ata é doce e saborosa; mas quando a machucam, azeda. Tua esposa quer que seu amor encha teu coração das doçuras do mel.

— Volte o sossego ao seio da filha dos tabajaras; ela vai deixar a taba dos inimigos de seu povo.

O cristão caminhou para a cabana de Jacaúna. O grande chefe alegrou-se vendo seu hóspede; mas a alegria fugiu logo de sua fronte guerreira. Martim dissera:

— O guerreiro branco parte de tua cabana, grande chefe.

— Alguma cousa te faltou na taba de Jacaúna?

— Nada faltou a teu hóspede. Ele era feliz aqui; mas a voz do coração o chama a outros sítios.

— Então parte e leva o que é preciso para a viagem. Tupã te fortaleça, e traga outra vez à cabana de Jacaúna, para que ele festeje tua boa-vinda.

Poti chegou; sabendo que o guerreiro do mar ia partir, disse:

— Teu irmão te acompanha.

— Os guerreiros de Poti precisam de seu chefe.

— Se tu não queres que eles vão com Poti, Jacaúna os conduzirá à vitória.

— A cabana de Poti ficará deserta e triste.

— Deserto e triste será o coração de teu irmão longe de ti.

O guerreiro do mar deixa as margens do rio das garças, e caminha para as terras onde o sol se deita. A esposa e o amigo seguem sua marcha.

Passou além da fértil montanha, onde a abundância dos frutos criava grande quantidade de mosca, de que lhe veio o nome de Meruoca.

Atravessam os campos que banha o rio das garças, e avistam longe no horizonte uma alta serrania. Expira o dia; nuvem negra voa das bandas do mar: são os urubus que pastaram nas praias a carniça, e com a noite tornam ao ninho.

Os viajantes dormem aí, em Uruburetama. Com o segundo sol chegaram às margens do rio, que nasce na quebrada da serra e desce a planície enroscando-se como uma cobra. Suas voltas contínuas enganam a cada passo o peregrino, que vai seguindo o tortuoso curso; por isso foi chamado Mundaú.

Perlongando as frescas margens, viu Martim no seguinte sol os verdes mares e alvas praias, onde as ondas murmurosas soluçam às vezes e outras raivam de fúria, rebentando em frocos de espuma.

Os olhos do guerreiro branco se dilataram pela vasta imensidade: seu peito suspirou. Esse mar beijava também as brancas areias de Potengi, seu berço natal, onde ele vira a luz americana.

Arrojou-se nas ondas e pensou banhar seu corpo nas águas da pátria, como banhara sua alma nas saudades dela.

Iracema sentiu que lhe chorava o coração; mas não tardou que o sorriso de seu guerreiro o acalentasse.

Entretanto Poti do alto da rocha, fisgava o saboroso camoropim que brincava na pequena baía do Mundaú; e preparava o moquém para a refeição.

XXI

Já descia o sol das alturas do céu.

Chegam os viajantes à foz do rio onde se criam em grande abundância as saborosas traíras: suas praias são povoadas pela tribo dos pescadores, da grande nação dos pitiguaras.

Eles receberam os estrangeiros com a hospitalidade generosa, que era uma lei de sua religião: e Poti com o respeito que merecia tão grande guerreiro, irmão de Jacaúna, maior chefe da forte gente pitiguara.

Para repousar os viajantes, e acompanhá-los na despedida, o chefe da tribo tomou Poti, Martim e Iracema na jangada, e abrindo a vela à brisa, levou-os até muito longe da costa.

Os pescadores em suas jangadas seguiam o chefe e atroavam os ares com o canto de saudade, e os múrmuros do uraçá, que imita os soluços do vento.

Além da barra da Piroquara estava mais entrada para as serras, a tribo dos caçadores. Eles ocupavam as margens do Soipé, cobertas de matas, onde os veados, as gordas pacas e os macios jacus abundavam. Assim os habitadores dessas margens lhes deram o nome de país da caça.

O chefe dos caçadores, Jaguaraçu, tinha sua cabana à beira do lago, que forma o rio perto do mar. Aí acharam os viajantes o mesmo agasalho que haviam recebido dos pescadores.

Depois que partiram do Soipé, os viajantes atravessaram o rio Taíba, em cujas margens vagavam bandos de porcos-de-mato; mais longe corria o Cauípe, onde se fabricava excelente vinho de caju.

No outro sol viram um lindo rio que surdia no mar cavando uma bacia na rocha viva.

Além assomava no horizonte um alto morro de areia que tinha a alvura da espuma do mar. O cabo sobranceiro parece a cabeça calva do condor, esperando ali a borrasca, que vem dos confins do oceano.

— Poti conhece o grande morro das areias? perguntou o cristão.

— Poti conhece toda a terra que tem os pitiguaras, desde as margens do grande rio, que forma um braço do mar, até a margem do rio onde habita o jaguar. Ele já esteve no alto do Mocoripe; e de lá viu correr no mar as grandes igaras dos guerreiros brancos, teus inimigos, que estão no Mearim.

— Por que chamas tu Mocoripe, ao grande morro das areias?

— O pescador da praia, que vai na jangada, lá onde voa a ati, fica triste, longe da terra e de sua cabana, em que dormem os filhos de seu sangue. Quando ele torna e seus olhos primeiro avistam o morro das areias, o prazer volta a seu coração. Por isso ele diz que o morro das areias dá alegria.

— O pescador diz bem; porque teu irmão ficou contente como ele, vendo o monte das areias.

Martim subiu com Poti ao cimo do Mocoripe. Iracema seguindo com os olhos o esposo, divagava como a jaçanã em torno do lindo seio, que ali fez a terra para receber o mar.

De passagem ela colhia os doces cajus, que aplacam a sede nos guerreiros, e apanhava conchas mimosas para ornar seu colo.

Os viajantes estiveram em Mocoripe três sóis. Depois

Martim levou seus passos além. A esposa e o amigo tornaram à embocadura do rio cujas margens eram alagadas e cobertas de mangue. O mar entrando por ele, formava uma bacia cheia de água cristalina, e cavada na pedra como um camucim.

O guerreiro cristão percorrendo essa paragem, começou de cismar. Até ali ele caminhava sem destino, movendo seus passos ao acaso; não tinha outra intenção mais que afastar-se das tabas dos pitiguaras para arrancar a tristeza do coração de Iracema. O cristão sabia por experiência que a viagem acalenta a saudade, porque a alma dorme enquanto o corpo caminha. Agora sentado na praia, pensava.

Veio Poti:

— O guerreiro branco pensa; o seio do irmão está aberto para receber seu pensamento.

— Teu irmão pensa que este lugar é melhor do que as margens do Jaguaribe para a taba dos guerreiros de sua raça. Nestas águas as grandes igaras que vêm de longes terras, se esconderiam do vento e do mar; daqui elas iriam ao Mearim destruir os brancos tapuias, aliados dos tabajaras, inimigos de tua nação.

O chefe pitiguara meditou e respondeu:

— Vai buscar teus guerreiros. Poti plantará sua taba junto da mairi de seu irmão.

Aproximava-se Iracema. O cristão com um gesto ordenou silêncio ao chefe pitiguara.

— A voz do esposo se cala, e seus olhos se baixam, quando chega Iracema. Queres tu que ela se afaste?

— Quer teu esposo, que chegues mais perto, para que sua voz e seus olhos penetrem mais dentro de tua alma.

A formosa selvagem desfez-se em risos, como se desfaz a flor do fruto que desponta; e foi debruçar-se na espádua do guerreiro.

— Iracema te escuta.

— Estes campos são alegres, e ainda mais serão quando Iracema neles habitar. Que diz teu coração?

— O coração da esposa está sempre alegre junto de seu guerreiro e senhor.

Seguindo pela margem do rio, o cristão escolheu um lugar para levantar a cabana. Poti cortou esteios dos troncos da carnaúba; a filha de Araquém ligava os leques da palmeira para vestir o teto e as paredes; Martim cavou a terra e fabricou a porta das fasquias da taquara.

Quando veio a noite, os dous esposos armaram a rede em sua nova cabana; e o amigo no copiar que olhava para o nascente.

XXII

Poti saudou o amigo e falou assim:

— "Antes que o pai de Jacaúna e Poti, o valente guerreiro Jatobá, mandasse sobre todos os guerreiros pitiguaras, o grande tacape da nação estava na destra de Batuireté, o maior chefe, pai de Jatobá. Foi ele que veio pelas praias do mar até o rio do jaguar, e expulsou os tabajaras para dentro das terras, marcando a cada tribo seu lugar; depois entrou pelo sertão até a serra que tomou seu nome.

"Quando suas estrelas eram muitas, e tantas que seu camucim já não cabia as castanhas que marcavam o número; o corpo vergou para a terra, o braço endureceu como o galho do ubiratã que não verga; a luz dos olhos escureceu.

"Chamou então o guerreiro Jatobá e disse: — Filho, toma o tacape da nação pitiguara. Tupã não quer que Batuireté o leve mais à guerra, pois tirou a força de seu corpo, o movimento do seu braço e a luz de seus olhos. Mas Tupã foi bom para ele, pois lhe deu um filho como o guerreiro Jatobá.

"Jatobá empunhou o tacape dos pitiguaras. Batuireté tomou o bordão de sua velhice e caminhou. Foi atravessando os vastos sertões, até os campos viçosos onde correm as águas que vêm das bandas da noite. Quando o velho guerreiro arrastava o passo pelas margens, e a sombra de seus olhos não lhe deixava que visse mais os frutos nas árvores ou os pássaros no ar, ele dizia em sua tristeza: — Ah! meus tempos passados!

"A gente que o ouvia chorava a ruína do grande chefe; e desde então passando por aqueles lugares, repetia suas palavras; donde veio chamar-se o rio e os campos, Quixeramobim.

"Batuireté veio pelo caminho das garças até aquela serra que tu vês longe, e onde primeiro habitou. Lá no píncaro, o velho guerreiro fez seu ninho alto como o gavião, para encher o resto de seus dias, conversando com Tupã. Seu filho já dorme embaixo da terra, e ele ainda na outra lua cismava na porta de sua cabana, esperando a noite que traz o grande sono. Todos os chefes pitiguaras, quando acordam à voz da guerra, vão pedir ao velho que lhes ensine a vencer, porque nenhum outro guerreiro jamais soube como ele combater. Assim as tribos não o chamam mais pelo nome, senão o grande sabedor da guerra, Maranguab.

"O chefe Poti vai à serra ver seu grande avô; mas antes que o dia morra, ele estará de volta na cabana de seu irmão. Tens tu outra vontade?"

— O guerreiro branco te acompanha para abraçar o grande chefe dos pitiguaras, avô de seu irmão, e dizer ao ancião que ele renasceu no filho de seu filho.

Martim chamou Iracema; e partiram ambos guiados pelo pitiguara para a serra do Maranguab, que se levantava no horizonte. Foram seguindo o curso do rio até onde nele entrava o ribeiro de Pirapora.

A cabana do velho guerreiro estava junto das formosas cascatas, onde salta o peixe no meio dos borbotões de espuma. As águas ali são frescas e macias, como a brisa do mar, que passa entre as palmas dos coqueiros, nas horas da calma.

Batuireté estava sentado sobre uma das lapas da cascata; e o sol ardente caía sobre sua cabeça, nua de cabelos e cheia de rugas como o jenipapo. Assim dorme o jaburu na borda do lago.

— Poti é chegado à cabana do grande Maranguab, pai de Jatobá, e trouxe seu irmão branco para ver o maior guerreiro das nações.

O velho soabriu as pesadas pálpebras, e passou do neto ao estrangeiro um olhar baço. Depois o peito arquejou e os lábios murmuraram:

— Tupã quis que estes olhos vissem antes de se apagarem, o gavião branco junto da narceja.

O abaeté derrubou a fronte aos peitos, e não falou mais, nem mais se moveu.

Poti e Martim julgaram que ele dormia e se afastaram com respeito para não perturbar o repouso de quem tanto obrara na longa vida. Iracema, que se banhava na próxima cachoeira, veio-lhes ao encontro, trazendo na folha da taioba favos de mel puríssimo.

Discorreram os amigos pelas floridas encostas até que as sombras da montanha se estenderam pelo vale. Tornaram então ao lugar onde tinham deixado o Maranguab.

O velho ainda lá estava na mesma atitude, com a cabeça derrubada ao peito e os joelhos encostados à fronte. As formigas subiam-lhe pelo corpo; e os tuins adejavam em torno e pousavam-lhe na calva.

Poti pôs a mão no crânio do ancião e conheceu que era finado; o guerreiro morrera de velhice. Então o chefe pitiguara entoou o canto da morte; e foi à cabana buscar o camucim que transbordava com as castanhas do caju. Martim contou cinco vezes cinco mãos.

Entanto Iracema colhia na floresta a andiroba, para ungir o corpo do velho que a mão piedosa do neto encerrou no camucim. O vaso fúnebre ficou suspenso ao teto da cabana.

Depois que plantou urtiga à porta, para defender contra os animais a oca abandonada, Poti despediu-se triste daqueles sítios, e tornou com seus companheiros à borda do mar.

A serra onde estava outrora a cabana tomou o nome

de Maranguape; assim chamada porque aí repousa o sabedor da guerra.

XXIII

Quatro luas tinham alumiado o céu depois que Iracema deixara os campos do Ipu; e três depois que ela habitava nas praias do mar a cabana de seu esposo.

A alegria morava em sua alma. A filha dos sertões era feliz, como a andorinha, que abandona o ninho de seus pais, e peregrina para fabricar novo ninho no país onde começa a estação das flores. Também Iracema achara ali nas praias do mar um ninho do amor, nova pátria para seu coração.

Como o colibri borboleteando entre as flores da acácia, ela discorria as amenas campinas. A luz da manhã já a encontrava suspensa ao ombro do esposo e sorrindo, como a enrediça que entrelaça o tronco robusto, e todas as manhãs o coroa de nova grinalda.

Martim partia para a caça com Poti. A virgem separava-se dele então, para sentir ainda mais ardente o desejo de vê-lo.

Perto havia uma formosa lagoa no meio de verde campina. Para lá volvia a selvagem o ligeiro passo. Era a hora do banho da manhã; atirava-se à água, e nadava com as garças brancas e as vermelhas jaçanãs.

Os guerreiros pitiguaras, que apareciam por aquelas paragens, chamavam essa lagoa Porangaba, ou lagoa da beleza, porque nela se banhava Iracema, a mais bela filha da raça de Tupã.

E desde esse tempo as mães vinham de longe mergulhar suas filhas nas águas da Porangaba, que tinha a virtude de dar formosura às virgens e fazê-las amadas pelos guerreiros.

Depois do banho, Iracema divagava até as faldas da serra do Maranguab, onde nascia o ribeiro das marrecas, o Jereraú. Ali cresciam na frescura e na sombra as frutas mais saborosas de todo o país; delas fazia a virgem copiosa provisão, e esperava embalando-se nas ramas do maracujá, que Martim tornasse da caça.

Outras vezes não era a Jereraú que a levava sua vontade, mas do oposto lado, a Sapiranga, cujas águas inflamavam os olhos, como diziam os pajés. Cerca daí havia um bosque frondoso de muritis, que formavam no meio do tabuleiro uma grande ilha de formosas palmeiras.

Iracema gostava do Muritiapuá, onde o vento suspirava docemente; ali espolpava ela o vermelho coco, para fabricar a bebida refrigerante, adoçada com o mel da abelha; e enchia dela a igaçaba, destinada a estancar a sede dos guerreiros durante a maior calma do dia.

Uma manhã Poti guiou Martim à caça. Caminharam para uma serra, que se levanta ao lado da outra do Maranguab, sua irmã. O alto cabeço se curva à semelhança do bico adunco da arara; pelo que os guerreiros a chamaram Aratanha. Eles subiram pela encosta da Guaiúba por onde as águas descem para o vale, e foram até o córrego habitado pelas pacas.

Só havia sol no bico da arara, quando os caçadores desceram de Pacatuba ao tabuleiro. De longe viram Iracema, que viera esperá-los à margem de sua lagoa da Porangaba. Caminhava para eles com o passo altivo da garça que passeia à beira d'água: por cima da carioba trazia uma cintura das flores da maniva, que era o símbolo da fecundidade. Colar das mesmas cingia-lhe o colo e ornava os rijos seios palpitantes.

Travou da mão do esposo, e a impôs no regaço:

— Teu sangue já vive no seio de Iracema. Ela será mãe de teu filho.

— Filho, dizes tu? exclamou o cristão em júbilo.

Ajoelhou ali e cingindo-a com os braços, beijou o seio fecundo da esposa.

Quando ele ergueu-se, Poti falou:

— A felicidade do mancebo é a esposa e o amigo; a primeira dá alegria, o segundo dá força. O guerreiro sem a esposa, é como a árvore sem folhas nem flores: nunca ela verá o fruto. O guerreiro sem amigo, é como a árvore solitária que o vento açouta no meio do campo: o fruto dela nunca amadurece. A felicidade do varão é a prole, que nasce dele e faz seu orgulho; cada guerreiro que sai de suas veias é mais um galho que leva seu nome às nuvens, como a grimpa do cedro. Amado de Tupã, é o guerreiro que tem uma esposa, um amigo e muitos filhos; ele nada mais deseja senão a morte gloriosa.

Martim uniu o peito ao peito de Poti:

— O coração do esposo e do amigo falou por tua boca. O guerreiro branco é feliz, chefe dos pitiguaras, senhores das praias do mar; a felicidade nasceu para ele na terra das palmeiras, onde recende a baunilha; e foi gerada no sangue de tua raça, que tem no rosto a cor do sol. O guerreiro branco não quer mais outra pátria, senão a pátria de seu filho e de seu coração.

Ao romper d'alva, Poti partiu para colher as sementes de crajuru que dão a bela tinta vermelha, e a casca do angico de onde se extrai a cor negra mais lustrosa. De caminho sua flecha certeira abateu o pato selvagem que plainava nos ares. O guerreiro arrancou das asas as longas penas, e subindo ao Mocoripe, rugiu a inúbia. A refega que vinha do mar levou longe, bem longe, o rouco som. O búzio dos pescadores do Trairi, e a trombeta dos caçadores do Soipé, responderam.

Martim banhou-se n'água do rio, e passeou na praia para secar o corpo ao vento e ao sol. Ao seu lado ia Iracema e apanhava o âmbar amarelo, que o mar arrojava. Todas as noites a esposa perfumava seu corpo e a alva rede, para que o amor do guerreiro se deleitasse nela.

Voltou Poti.

XXIV

— Foi costume da raça, filha de Tupã, que o guerreiro trouxesse no corpo as cores de sua nação.

Traçavam em princípio negras riscas sobre o corpo, à semelhança do pelo do quati de onde procedeu o nome dessa arte da pintura guerreira. Depois variaram as cores, e muitos guerreiros costumavam escrever os emblemas de seus feitos.

O estrangeiro tendo adotado a pátria da esposa e do amigo, devia passar por aquela cerimônia, para tornar-se um guerreiro vermelho, filho de Tupã. Nessa intenção fora Poti se prover dos objetos necessários.

Iracema preparou as tintas. O chefe, embebendo as ramas da pluma, traçou pelo corpo os riscos vermelhos e pretos, que ornavam a grande nação pitiguara. Depois pintou na fronte uma flecha e disse:

— Assim como a seta traspassa o duro tronco, assim o olhar do guerreiro penetra n'alma dos povos.

No braço pintou um gavião:

— Assim como o anajê cai das nuvens, assim cai o braço do guerreiro sobre o inimigo.

No pé esquerdo pintou a raiz do coqueiro:

— Assim como a pequena raiz agarra na terra o alto coqueiro, o pé firme do guerreiro sustenta seu corpo robusto.

No pé direito pintou uma asa:

— Assim como a asa do majoí rompe os ares, o pé veloz do guerreiro não tem igual na corrida.

Iracema tomou a rama da pena e pintou uma abelha sobre folha de árvore; sua voz ressoou entre sorrisos:

— Assim como a abelha fabrica o mel no coração negro do jacarandá, a doçura está no peito do mais valente guerreiro.

Martim abriu os braços e os lábios para receber corpo e alma da esposa.

— Meu irmão é um grande guerreiro da nação pitiguara: ele precisa de um nome na língua de sua nação.

— O nome de teu irmão está em seu corpo, onde o pôs tua mão.

— Coatiabo! exclamou Iracema.

— Tu disseste; eu sou o guerreiro pintado; o guerreiro da esposa e do amigo.

Poti deu a seu irmão o arco e o tacape, que são as armas nobres do guerreiro. Iracema havia tecido para ele o cocar e a araçoia, ornatos dos chefes ilustres.

A filha de Araquém, foi buscar à cabana as iguarias do festim e os vinhos de jenipapo e mandioca. Os guerreiros beberam copiosamente e trançaram as danças alegres. Durante que volviam em torno dos fogos da alegria, ressoavam as canções.

Poti cantava:

— Como a cobra que tem duas cabeças em um só corpo, assim é a amizade de Coatiabo e Poti.

Acudiu Iracema:

— Como a ostra que não deixa o rochedo, ainda depois de morta, assim é Iracema junto a seu esposo.

Os guerreiros disseram:

— Como o jatobá na floresta, assim é o guerreiro Coatiabo entre o irmão e a esposa: seus ramos abraçam os ramos do ubiratã, e sua sombra protege a relva humilde.

Os fogos da alegria arderam até que veio a manhã; e com eles durou o festim dos guerreiros.

XXV

A alegria ainda morou na cabana, todo o tempo que as espigas de milho levaram a amarelecer.

Uma alvorada, caminhava o cristão pela borda do mar. Sua alma estava cansada.

O colibri sacia-se de mel e perfume; depois adormece em seu branco ninho de cotão, até que volta no outro ano a lua das flores. Como o colibri, a alma do guerreiro também satura-se de felicidade, e carece de sono e repouso.

A caça e as excursões pela montanha em companhia do amigo, as carícias da terna esposa que o esperavam na volta, e o doce carbeto no copiar da cabana, já não acordavam nele as emoções de outrora. Seu coração ressonava.

Quando Iracema brincava pela praia, os olhos do guerreiro retiravam-se dela para se estenderem pela imensidade dos mares.

Viram umas asas brancas, que adejavam pelos campos azuis. Conheceu o cristão que era uma grande igara de muitas velas, como construíam seus irmãos; e a saudade da pátria apertou-lhe no seio.

Alto ia o sol; e o guerreiro na praia seguia com os olhos as asas brancas que fugiam. Debalde a esposa o chamou à cabana, debalde ofereceu a seus olhos, as graças dela e os frutos melhores do campo. Não se moveu o guerreiro, senão quando a vela sumiu-se no horizonte.

Poti voltou da serra, onde pela primeira vez fora só. Tinha deixado a serenidade na fronte de seu irmão e achava ali a tristeza. Martim saiu-lhe ao encontro:

— A igara grande do branco tapuia passou no mar. Os olhos de teu irmão a viram, que voava para as margens do Mearim, aliados dos tupinambás, inimigos de tua e minha raça.

— Poti é senhor de mil arcos; se é teu desejo ele te acompanhará com seus guerreiros às margens do Mearim, para vencer o tapuitinga e seu amigo, o pérfido tupinambá.

— Quando for tempo, teu irmão te dirá.

Os guerreiros entraram na cabana, onde estava Iracema. A maviosa canção nesse dia tinha emudecido nos lábios da esposa. Ela tecia suspirando a franja da rede materna, mais larga e espessa que a rede do himeneu.

Poti, que a viu tão ocupada, falou:

— Quando a sabiá canta é o tempo do amor; quando emudece, fabrica o ninho para sua prole: é o tempo do trabalho.

— Meu irmão fala como a rã quando anuncia a chuva; mas a sabiá que faz seu ninho, não sabe se dormirá nele.

A voz de Iracema gemia. Seu olhar buscou o esposo. Martim pensava: as palavras de Iracema passaram por ele, como a brisa pela face lisa da rocha, sem eco nem rumores.

O sol brilhava sempre sobre as praias do mar, e as areias refletiam os raios ardentes; mas nem a luz que vinha do céu, nem a luz que refletia da terra, espancaram a sombra n'alma do cristão. Cada vez o crepúsculo era maior em sua fronte.

Chegou das margens do rio das garças um guerreiro pitiguara, mandado por Jacaúna a seu irmão Poti. Ele veio seguindo o rasto dos viajantes até o Trairi, onde os pescadores o guiaram à cabana.

Poti estava só no copiar; ergueu-se e abaixou a fronte

para escutar com respeito e gravidade as palavras que lhe mandava seu irmão pela boca do mensageiro:

— O tapuitinga, que estava no Mearim, veio pelas matas até o princípio da Ibiapaba, onde fez aliança com Irapuã, para combater a nação pitiguara. Eles vão descer da serra às margens do rio em que bebem as garças, e onde tu levantaste a taba de teus guerreiros. Jacaúna te chama para defender os campos de nossos pais: teu povo carece de seu maior guerreiro.

— Volta às margens do Acaracu, e teu pé não descanse enquanto não pisar o chão da cabana de Jacaúna. Quando aí estiveres, dize ao grande chefe: "Teu irmão é chegado à taba de seus guerreiros". — E tu não mentirás.

O mensageiro partiu.

Poti vestiu suas armas, e caminhou para a várzea, guiado pelo passo de Coatiabo. Ele o encontrou muito além, vagando entre os canaviais que bordam as margens de Aquiraz.

— O branco tapuia está na Ibiapaba para ajudar os tabajaras a combater contra Jacaúna. Teu irmão corre a defender a terra de seus filhos, e a taba onde dorme o camucim de seu pai. Ele saberá vencer depressa para voltar à tua presença.

— Teu irmão parte contigo. Nada separa dois guerreiros amigos quando troa a inúbia da guerra.

— Tu és grande como o mar e bom como o céu.

Abraçaram-se; e partiram com o rosto para as bandas do nascente.

XXVI

Caminhando, caminhando, chegaram os guerreiros à margem de um lago, que havia nos tabuleiros.

O cristão parou de repente e voltou o rosto para as bandas do mar: a tristeza saiu de seu coração e subiu à fronte.

— Meu irmão, disse o chefe, teu pé criou raiz na terra do amor; fica: Poti voltará breve.

— Teu irmão te acompanha; ele disse, e sua palavra é como a seta de teu arco: quando soa, é chegada.

— Queres tu que Iracema te acompanhe às margens do Acaracu?

— Nós vamos combater seus irmãos. A taba dos pitiguaras não terá para ela mais que tristeza e dor. A filha dos tabajaras deve ficar.

— Que esperas então?

— Teu irmão se aflige porque a filha dos tabajaras pode ficar triste e abandonar a cabana, sem esperar por sua volta. Antes de partir ele queria sossegar o espírito da esposa.

Poti refletiu:

— As lágrimas da mulher amolecem o coração do guerreiro, como o orvalho da manhã amolece a terra.

— Meu irmão é um grande sabedor. O esposo deve partir sem ver Iracema.

O cristão avançou, Poti mandou-lhe que esperasse: da aljava de setas que Iracema emplumara de penas vermelhas e pretas e suspendera aos ombros do esposo, tirou uma.

O chefe pitiguara vibrou o arco; a seta rápida atravessou um goiamum que discorria pelas margens do lago; só parou onde a pluma não a deixou mais entrar.

Fincou o guerreiro no chão a flecha, com a presa atravessada e tornou para Coatiabo:

— Podes partir. Iracema seguirá teu rasto; chegando aqui, verá tua seta, e obedecerá à tua vontade.

Martim sorriu; e quebrando um ramo do maracujá, a flor da lembrança, o entrelaçou na haste da seta, e partiu enfim seguido por Poti.

Breve desapareceram os dois guerreiros entre as árvores. O calor do sol já tinha secado seus passos na beira do lago. Iracema inquieta veio pela várzea, seguindo o rasto do esposo até o tabuleiro. As sombras doces vestiam os campos quando ela chegou à beira do lago.

Seus olhos viram a seta do esposo fincada no chão, o goiamum trespassado, o ramo partido, e encheram-se de pranto.

— Ele manda que Iracema ande para trás, como o goiamum, e guarde sua lembrança, como o maracujá guarda sua flor todo o tempo até morrer.

A filha dos tabajaras retraiu os passos lentamente, sem volver o corpo, nem tirar os olhos da seta de seu esposo; depois tornou à cabana. Aí sentada à soleira, com a fronte nos joelhos esperou, até que o sono acalentou a dor em seu peito.

Apenas alvorou o dia, ela moveu o passo rápido para a lagoa, e chegou à margem. A flecha lá estava como na véspera: o esposo não tinha voltado.

Desde então à hora do banho, em vez de buscar a lagoa da beleza, onde outrora tanto gostara de nadar, caminhava para aquela, que vira seu esposo abandoná-la. Sentava-se junto à flecha, até que descia a noite; então recolhia à cabana.

Tão rápida partia de manhã, como lenta voltava à tarde. Os mesmos guerreiros que a tinham visto alegre nas águas da Porangaba, agora encontrando-a triste e só, como a garça viúva, na margem do rio, chamavam aquele sítio de Mecejana, que significa a abandonada.

Uma vez que a formosa filha de Araquém, se lamentava à beira da lagoa da Mecejana, uma voz estridente gritou seu nome do alto da carnaúba:

— Iracema!... Iracema!...

Ergueu ela os olhos e viu entre as folhas da palmeira sua linda jandaia, que batia as asas, e arrufava as penas com o prazer de vê-la.

A lembrança da pátria, apagada pelo amor, ressurgiu em seu pensamento. Viu os formosos campos do Ipu, as encostas da serra onde nascera, a cabana de Araquém, e teve saudades; mas naquele instante, ainda não se arrependeu de os ter abandonado.

Seu lábio gazeou um canto. A jandaia abrindo as asas, esvoaçou-lhe em torno e pousou no ombro. Alongando fagueira o colo, com o negro bico alisou-lhe os cabelos e beliscou a boca mimosa e vermelha como a pitanga.

Iracema lembrou-se que tinha sido ingrata para a jandaia, esquecendo-a no tempo da felicidade; mas a jandaia vinha para a consolar agora no tempo da desventura.

Essa tarde não voltou só à cabana. Durante o dia seus dedos ágeis teceram o formoso uru de palha, que forrou da felpa macia da monguba, para agasalhar sua companheira e amiga.

Na seguinte alvorada foi a voz da jandaia que a despertou. A linda ave, não deixou mais sua senhora; ou porque depois da longa ausência não se fartasse de a ver, ou porque adivinhasse que ela tinha necessidade de quem a acompanhasse em sua triste solidão.

XXVII

Uma tarde Iracema viu de longe dois guerreiros que avançavam pelas praias do mar. Seu coração palpitou mais apressado.

Instante depois ela esquecia nos braços do esposo tantos dias de saudade e abandono, que passara na solitária cabana.

Martim e seu irmão haviam chegado à taba de Jacaúna, quando soava a inúbia: eles guiaram ao combate os mil arcos de Poti. Ainda dessa vez os tabajaras, apesar da aliança dos brancos tapuias do Mearim, foram levados de vencida pelos valentes pitiguaras.

Nunca tão disputada vitória e tão renhida pugna, se pelejou nos campos que regam o Acaracu e o Camucim; o valor era igual de parte a parte, e nenhum dos dois povos fora vencido, se o deus da guerra, o torvo Aresqui, não tivesse decidido dar estas plagas à raça do guerreiro branco, aliada dos pitiguaras.

Logo após a vitória o cristão tornara às praias do mar, onde havia construído sua cabana e onde o esperava a terna esposa. De novo sentiu em sua alma a sede do amor; e tremia de pensar que Iracema houvesse partido, deixando ermo aquele sítio tão povoado outrora pela felicidade.

Como a seca várzea, com a vinda do inverno reverdece e se matiza de flores, a formosa filha do sertão com a volta do esposo reanimou-se; e sua beleza esmaltou-se de meigos e ternos sorrisos.

Outra vez sua graça encheu os olhos do cristão, e a alegria voltou a habitar em sua alma.

O cristão amou a filha do sertão, como nos primeiros dias, quando parece que o tempo nunca poderá estancar o coração. Mas breves sóis bastaram para murchar aquelas flores de uma alma exilada da pátria.

O imbu, filho da serra, se nasce na várzea porque o vento ou as aves trouxeram a semente, vinga, achando boa terra e fresca sombra; talvez um dia cope a verde folhagem e enflore. Mas basta um sopro do mar, para tudo murchar. As folhas lastram o chão; as flores, leva-as a brisa.

Como o imbu na várzea, era o coração do guerreiro branco na terra selvagem. A amizade e o amor o acompanharam e fortaleceram durante algum tempo, mas agora longe de sua casa e de seus irmãos, sentia-se no ermo. O amigo e a esposa não bastavam mais à sua existência, cheia de grandes desejos e nobres ambições.

Passava os já tão breves, agora longos sóis, na praia, ouvindo gemer o vento e soluçar as ondas. Com os olhos engolfados na imensidade do horizonte, buscava, mas embalde, descobrir no azul diáfano a alvura de uma vela perdida nos mares.

Distante da cabana, se elevava à borda do oceano um alto morro de areia; pela semelhança com a cabeça do crocodilo o chamavam os pescadores Jacarecanga. Do seio das brancas areias escaldadas pelo ardente sol, manava uma água fresca e pura; assim destila a alma do seio da dor lágrimas doces de alívio e consolo.

A esse monte subia o cristão; e lá ficava cismando em seu destino. Às vezes lhe vinha à mente a ideia de tornar à sua terra e aos seus; mas ele sabia que Iracema o acompanharia; e essa lembrança lhe remordeu o coração. Cada passo mais que afastasse dos campos nativos a filha dos tabajaras, agora que ela não tinha o ninho de seu coração para abrigar-se, era uma porção da vida que lhe roubava.

Poti conhece que Martim deseja estar só, e afasta-se discreto. O guerreiro sabe o que aflige a alma do seu irmão; e tudo espera do tempo, porque só o tempo endurece o coração do guerreiro, como o cerne do jacarandá.

Iracema também foge dos olhos do esposo, porque já percebeu que esses olhos tão amados se turbam com a vista dela, e em vez de se encherem de sua beleza como outrora, a despedem de si. Mas seus olhos dela não se cansam de acompanhar à parte e de longe o guerreiro senhor, que os fez cativos.

Ai da esposa!... Sentiu já o golpe no coração e como a copaíba ferida no âmago, destila lágrimas em fio.

XXVIII

Uma vez o cristão ouviu dentro em sua alma o soluço de Iracema: seus olhos buscaram em torno e não a viram.

A filha de Araquém estava além, entre as verdes moitas de ubaia, sentada na relva. O pranto desfiava de seu belo semblante; e as gotas que rolavam a uma e uma caíam sobre o regaço, onde já palpitava e crescia o filho do amor. Assim caem as folhas da árvore viçosa antes que amadureça o fruto.

— O que espreme as lágrimas do coração de Iracema?

— Chora o cajueiro quando fica tronco seco e triste. Iracema perdeu sua felicidade, depois que te separaste dela.

— Não estou eu junto de ti?

— Teu corpo está aqui; mas tua alma voa à terra de teus pais, e busca a virgem branca, que te espera.

Martim doeu-se. Os grandes olhos negros que a indiana pousara nele o tinham ferido no íntimo.

— O guerreiro branco é teu esposo; ele te pertence.

Sorriu em sua tristeza a formosa tabajara:

— Quanto tempo há que retiraste de Iracema teu espírito? Dantes, teu passo te guiava para as frescas serras e alegres tabuleiros: teu pé gostava de pisar a terra da felicidade, e seguir o rasto da esposa. Agora só buscas as praias ardentes, porque o mar que lá murmura vem dos campos em que nasceste; e o morro das areias, porque do alto se avista a igara que passa.

— É a ânsia de combater o tupinambá que volve o passo do guerreiro para as bordas do mar: respondeu o cristão.

Iracema continuou:

— Teu lábio secou para a esposa; assim a cana, quando ardem os grandes sóis, perde o mel, e as folhas murchas não podem mais cantar quando passa a brisa. Agora só falas ao vento da praia para que ele leve tua voz à cabana de teus pais.

— A voz do guerreiro branco chama seus irmãos para defender a cabana de Iracema e a terra de seu filho, quando o inimigo vier.

A esposa meneou a cabeça:

— Quando tu passas no tabuleiro, teus olhos fogem do fruto do jenipapo e buscam a flor do espinheiro; a fruta é saborosa, mas tem a cor dos tabajaras; a flor tem a alvura das faces da virgem branca. Se cantam as aves, teu ouvido não gosta já de escutar o canto mavioso da graúna, mas tua alma se abre para o grito do japim, porque ele tem as penas douradas como os cabelos daquela que tu amas!

— A tristeza escurece a vista de Iracema, e amarga seu lábio. Mas a alegria há de voltar à alma da esposa, como volta à árvore a verde rama.

— Quando teu filho deixar o seio de Iracema, ela morrerá, como o abati depois que deu seu fruto. Então o guerreiro branco não terá mais quem o prenda na terra estrangeira.

— Tua voz queima, filha de Araquém, como o sopro que vem dos sertões do Icó, no tempo dos grandes calores. Queres tu abandonar teu esposo?

— Não veem teus olhos lá o formoso jacarandá, que vai subindo às nuvens? A seus pés ainda está a seca raiz da murta frondosa, que todos os invernos se cobria de rama e bagos vermelhos, para abraçar o tronco irmão. Se ela não morresse, o jacarandá não teria sol para crescer tão alto. Iracema é a folha escura que faz sombra em tua alma; deve cair, para que a alegria alumie teu seio.

O cristão cingiu o talhe da formosa indiana e a estreitou ao peito. Seu lábio pousou no lábio da esposa um beijo, mas áspero e morno.

XXIX

Poti voltou do banho.

Segue na areia o rasto de Coatiabo, e sobe ao alto da Jacarecanga. Aí encontra o guerreiro em pé no cabeço do monte, com os olhos alongados e os braços estendidos para os largos mares.

Volve o pitiguara as vistas e descobre uma grande igara, que vem surcando os verdes mares, impelida pelo vento:

— É a grande igara dos irmãos de meu irmão que vem buscá-lo?

O cristão suspirou:

— São os guerreiros brancos inimigos de minha raça, que buscam as praias da valente nação pitiguara, para a guerra da vingança: eles foram derrotados com os tabajaras nas margens do Camucim; agora vêm com seus amigos, os tupinambás, pelo caminho do mar.

— Meu irmão é um grande chefe. Que pensa ele que deve fazer seu irmão Poti?

— Chama os caçadores de Soipé e os pescadores do Trairi. Nós iremos a seu encontro.

Poti acordou a voz da inúbia; e os dois guerreiros partiram ambos para o Mocoripe. Pouco além viram os guerreiros de Jaguaraçu e Camoropim que corriam ao grito de guerra. O irmão de Jacaúna os avisou da vinda do inimigo.

A grande igara corre nas ondas, ao longo da terra que se dilata até às margens do Parnaíba. A lua começava a crescer quando ela deixou as águas do Mearim; ventos contrários a tinham arrastado para os altos-mares, muito além de seu destino.

Os guerreiros pitiguaras, para não espantarem o inimigo, se ocultam entre os cajueiros; e vão seguindo pela praia a grande igara: durante o dia avultam as brancas velas; de noite os fogos atravessam a negrura do mar, como vaga-lumes perdidos na mata.

Muitos sóis caminharam assim. Passam além do Camucim, e afinal pisam as lindas ribeiras da enseada dos papagaios.

Poti manda um guerreiro ao grande Jacaúna e se prepara para o combate. Martim, que subiu ao morro de areia, conhece que o maracatim vem abrigar-se no seio do mar; e avisa seu irmão.

O sol já nasceu; os guerreiros guaraciabas e os tupinambás, seus amigos, correm sobre as ondas nas ligeiras pirogas e pojam na praia. Já formam o grande arco, e avançam como o cardume do peixe quando corta a correnteza do rio.

No centro estão os guerreiros do fogo, que trazem o raio; nas asas os guerreiros do Mearim que brandem o tacape.

Mas nação alguma jamais vibrou o arco certeiro, como a grande nação pitiguara; e Poti é o maior chefe, de quantos chefes empunharam a inúbia guerreira. A seu lado caminha o irmão, tão grande chefe como ele, e sabedor das manhas da raça branca dos cabelos do sol.

Durante a noite os pitiguaras fincam na praia a forte caiçara de espinho, e levantam contra ela um muro de areia, onde o raio esfria e se apaga. Aí esperam o inimigo. Martim manda que outros guerreiros subam à copa dos mais altos coqueiros; ali defendidos pelas largas palmas, esperam o momento do combate.

A seta de Poti foi a primeira que partiu, e o chefe dos guaraciabas o primeiro herói que mordeu o pó na terra estrangeira. Rugem os trovões na destra dos guerreiros brancos; mas os raios que desferem mergulham-se na areia, ou se perdem nos ares.

As setas dos pitiguaras, já caem do céu, já voam da terra, e se embebem todas no seio do inimigo. Cada guerreiro tomba crivado de muitas flechas, como a presa que as piranhas disputam nas águas do lago.

Os inimigos embarcam outra vez nas pirogas, e voltam ao maracatim em busca dos grandes e pesados trovões, que um homem só, nem dois, podem manejar.

Quando voltam, o chefe dos pescadores, que corre nas águas do mar como o veloz camoropim, de que tomou o nome, se arroja nas ondas, e mergulha. Ainda a espuma não se apagara, e já a piroga inimiga se afundou, parecendo que a tragara uma baleia.

Veio a noite, que trouxe o repouso.

Ao romper d'alva, o maracatim fugia no horizonte para as margens do Mearim. Jacaúna chegou, não mais para o combate e só para o festim da vitória.

Nessa hora em que o canto guerreiro dos pitiguaras celebrava a derrota dos guaraciabas, o primeiro filho que o sangue da raça branca, gerou nessa terra da liberdade, via a luz nos campos da Porangaba.

XXX

Iracema sentindo que se lhe rompia o seio, buscou a margem do rio, onde crescia o coqueiro.

Estreitou-se com a haste da palmeira. A dor lacerou suas entranhas; porém logo o choro infantil inundou sua alma de júbilo.

A jovem mãe, orgulhosa de tanta ventura, tomou o tenro filho nos braços e com ele arrojou-se às águas límpidas do rio. Depois suspendeu-o à teta mimosa; seus olhos o envolviam de tristeza e amor.

— Tu és Moacir, o nascido de meu sofrimento.

A ará, pousada no olho do coqueiro, repetiu Moacir; e desde então a ave amiga unia em seu canto ao nome da mãe, o nome do filho.

O inocente dormia; Iracema suspirava:

— A jati fabrica o mel no tronco cheiroso do sassafrás; toda a lua das flores voa de ramo em ramo, colhendo o suco para encher os favos; mas ela não prova sua doçura, porque a irara devora em uma noite toda a colmeia. Tua mãe também, filho de minha angústia, não beberá em teus lábios o mel de teu sorriso.

A jovem mãe passou aos ombros a larga faixa de macio algodão, que fabricara para trazer o filho sempre unido ao flanco; e seguiu pela areia o rasto do esposo, que há três sóis se partira. Ela caminhava docemente para não despertar a criancinha, adormecida como o passarinho sob a asa materna.

Quando chegou junto ao grande morro das areias, viu que o rasto de Martim e Poti seguia ao longo da praia: e adivinhou que eles eram partidos para a guerra. Seu coração suspirou; mas seus olhos secos buscaram o semblante do filho.

Volve o rosto para o Mocoripe:

— Tu és o morro da alegria; mas para Iracema não tens senão tristeza.

Tornando, a recente mãe pousou a criança adormecida na rede de seu pai, viúva e solitária em meio da cabana; e deitou-se ao chão, na esteira onde repousava, desde que os braços do esposo se não tinham mais aberto para recebê-la.

A luz da manhã entrava pela cabana, e Iracema viu entrar com ela a sombra de um guerreiro.

Caubi estava em pé na porta.

A esposa de Martim ergueu-se de um ímpeto e saltou avante para proteger o filho. Seu irmão levantou da rede a ela uns olhos tristes, e falou com a voz ainda mais triste:

— Não foi a vingança que arrancou o guerreiro Caubi aos campos dos tabajaras; ele já perdoou. Foi a vontade de ver Iracema, que trouxe consigo toda a sua alegria.

— Então bem-vindo seja o guerreiro Caubi na cabana de seu irmão: respondeu a esposa abraçando-o.

— O nascido de teu seio dorme nesta rede; os olhos de Caubi gostariam de vê-lo.

Iracema abriu a franja de penas; e mostrou o lindo semblante da criança. Caubi, depois que o contemplou por muito tempo, entre risos, disse:

— Ele chupou tua alma.

E beijou nos olhos da jovem mãe, a imagem da criança, que não se animava a tocar, receoso de ofendê-la.

A voz trêmula da filha ressoou:

— Ainda vive Araquém sobre a terra?

— Pena ainda; depois que tu o deixaste, sua cabeça vergou para o peito e não se ergueu mais.

— Tu lhe dirás que Iracema já morreu, para que ele se console.

A irmã de Caubi preparou a refeição para o guerreiro, e armou no copiar a rede da hospitalidade para que ele repousasse das fadigas da jornada. Quando o viajante satisfez o apetite, ergueu-se com estas palavras:

— Diz onde está teu esposo e meu irmão, para que o guerreiro Caubi lhe dê o abraço da amizade.

Os lábios suspirosos da mísera esposa se moveram, como as pétalas do cacto que um sopro amarrota, e ficaram mudos. Mas as lágrimas debulharam dos olhos, e caíram em bagas.

O rosto de Caubi anuviou-se:

— Teu irmão pensava que a tristeza ficara nos campos que abandonaste; porque trouxeste contigo todo o riso dos que te amavam!

Iracema enxugou os olhos:

— O esposo de Iracema partiu com o guerreiro Poti para as praias do Acaracu. Antes que três sóis tenham alumiado a terra ele voltará, e com ele a alegria à alma da esposa.

— O guerreiro Caubi o espera para saber o que ele fez do sorriso que morava em teus lábios.

A voz do tabajara enrouquecera; seu passo inquieto volveu a esmo pela cabana.

XXXI

Iracema cantava docemente, embalando a rede para acalentar o filho.

A areia da praia crepitou sob o pé forte e rijo do guerreiro tabajara, que vinha das bordas do mar depois da abundante pesca.

A jovem mãe cruzou as franjas da rede, para que as moscas não inquietassem o filho acalentado, e foi ao encontro do irmão:

— Caubi vai tornar às montanhas dos tabajaras! disse ela com brandura.

O guerreiro anuviou-se:

— Tu despedes teu irmão da cabana para que ele não veja a tristeza que a enche.

— Araquém teve muitos filhos em sua mocidade; uns a guerra levou e morreram como valentes; outros escolheram uma esposa, e geraram por sua vez numerosa prole; filhos de sua velhice, Araquém só teve dois. Iracema é a rola que o caçador tirou do ninho. Só resta o guerreiro Caubi ao velho Pajé, para suster seu corpo vergado, e guiar seu passo trêmulo.

— Caubi partirá quando a sombra deixar o rosto de Iracema.

— Como a estrela que só brilha de noite, vive Iracema em sua tristeza. Só os olhos do esposo podem apagar a sombra em seu rosto. Parte, para que eles não se turvem com tua vista.

— Teu irmão parte para te fazer a vontade; mas ele voltará todas as vezes que o cajueiro florescer, para sentir em seu coração o filho de teu ventre.

Entrou na cabana. Iracema tirou da rede a criança; e ambos, mãe e filho, palpitaram sobre o peito do guerreiro tabajara. Depois, Caubi passou a porta, e sumiu-se entre as árvores.

Iracema, arrastando o passo trêmulo, o acompanhou de longe até que o perdeu de vista na orla da mata. Aí parou: quando o grito da jandaia, de envolta com o choro infantil, a chamou à cabana, a areia fria onde esteve sentada guardou o segredo do pranto que embebera.

A jovem mãe suspendeu o filho à teta; mas a boca infantil não emudeceu. O leite escasso não apojava o peito.

O sangue da infeliz diluía-se todo nas lágrimas incessantes que não lhe estancavam nos olhos; pouco chegava aos seios, onde se forma o primeiro licor da vida.

Ela dissolveu a alva carimã e preparou ao fogo o mingau para nutrir o filho. Quando o sol dourou a crista dos montes, partiu para a mata, levando ao colo a criança adormecida.

Na espessura do bosque estava o leito da irara ausente; os tenros cachorrinhos grunhem enrolando-se uns sobre os outros. A formosa tabajara aproxima-se de manso. Prepara para o filho um berço da macia rama do maracujá; e senta-se perto.

Põe no regaço um por um os filhos da irara; e lhes abandona os seios mimosos, cuja teta rubra como a pitanga ungiu do mel da abelha. Os cachorrinhos famintos sugam os peitos avaros de leite.

Iracema curte dor, como nunca sentiu; parece que lhe exaurem a vida: mas os seios vão-se intumescendo; apojaram afinal, e o leite, ainda rubro do sangue de que se formou, esguicha.

A feliz mãe arroja de si os cachorrinhos, e cheia de júbilo mata a fome ao filho. Ele é agora duas vezes filho de sua dor, nascido dela e também nutrido.

A filha de Araquém sentiu afinal que suas veias se estancavam; e contudo o lábio amargo de tristeza recusava o alimento que devia restaurar-lhe as forças. O gemido e o suspiro tinham crestado o sorriso e o sabor em sua boca formosa.

XXXII

Descamba o sol.

Japi sai do mato e corre para a porta da cabana.

Iracema sentada com o filho no colo, banha-se nos raios do sol e sente o frio arrepiar-lhe o corpo. Vendo o animal, fiel mensageiro do esposo, a esperança reanima seu coração; quer erguer-se para ir ao encontro de seu guerreiro senhor, mas os membros débeis se recusam à sua vontade.

Caiu desfalecida contra o esteio. Japi lambia-lhe a mão fria, e pulava travesso para fazer sorrir a criança, soltando uns doces latidos de prazer. Por vezes, afastava-se para correr até a orla da mata e latir chamando o senhor; logo tornava à cabana para festejar a mãe e o filho.

Por esse tempo pisava Martim os campos amarelos do Tauape; seu irmão Poti, o inseparável, caminhava a seu lado.

Oito luas havia que ele deixara as praias da Jacarecanga. Vencidos os guaraciabas, na baía dos papagaios, o guerreiro cristão quis partir para as margens do Mearim, onde habitava o bárbaro aliado dos tupinambás.

Poti e seus guerreiros o acompanharam. Depois que transpuseram o braço corrente do mar que vem da serra de Tauatinga e banha as várzeas onde se pesca o piau, viram enfim as praias do Mearim, e a velha taba do bárbaro tapuia.

A raça de cabelos do sol cada vez ganhava mais a amizade dos tupinambás: crescia o número dos guerreiros brancos, que já tinham levantado na ilha a grande itaoca, para despedir o raio.

Quando Martim viu o que desejava, tornou aos campos da Porangaba, que ele agora trilha. Já ouve o ronco do mar nas praias do Mocoripe; já lhe bafeja o rosto o sopro vivo das vagas do oceano.

Quanto mais seu passo o aproxima da cabana, mais lento se torna e pesado. Tem medo de chegar; e sente que sua alma vai sofrer, quando os olhos tristes e magoados da esposa entrarem nela.

Há muito que a palavra desertou seu lábio seco; o amigo respeita este silêncio, que ele bem entende. E o silêncio do rio quando passa nos lugares profundos e sombrios.

Tanto que os dois guerreiros tocaram as margens do rio, ouviram o latir do cão, a chamá-los, e o grito da ará, que se lamentava. Estavam mui próximos à cabana, apenas oculta por uma língua de mato. O cristão parou calcando a mão no peito para sofrear o coração, que saltava como o poraquê.

— O latido de Japi é de alegria: disse o chefe.

— Porque chegou; mas a voz da jandaia é de tristeza. Achará o guerreiro ausente a paz no seio da esposa solitária, ou terá a saudade matado em suas entranhas o fruto do amor?

O cristão moveu o passo vacilante. De repente, entre os ramos das árvores, seus olhos viram, sentada à porta da cabana, Iracema com o filho no regaço, e o cão a brincar. Seu coração o arrojou de um ímpeto, e a alma lhe estalou nos lábios:

— Iracema!...

A triste esposa e mãe soabriu os olhos, ouvindo a voz amada. Com esforço grande, pôde erguer o filho nos braços, e apresentá-lo ao pai, que o olhava extático em seu amor.

— Recebe o filho de teu sangue. Era tempo; meus seios ingratos já não tinham alimento para dar-lhe!

Pousando a criança nos braços paternos, a desventurada mãe desfaleceu, como a jetica se lhe arrancam o bulbo. O esposo viu então como a dor tinha consumido seu belo corpo; mas a formosura ainda morava nela, como o perfume na flor caída do manacá.

Iracema não se ergueu mais da rede onde a pousaram os aflitos braços de Martim. O terno esposo, em que o amor renascera com o júbilo paterno, a cercou de carícias que encheram sua alma de alegria, mas não a puderam tornar à vida: o estame de sua flor se rompera.

— Enterra o corpo de tua esposa ao pé do coqueiro que tu amavas. Quando o vento do mar soprar nas folhas, Iracema pensará que é tua voz que fala entre seus cabelos.

O doce lábio emudeceu para sempre; o último lampejo despediu-se dos olhos baços.

Poti amparou o irmão na grande dor. Martim sentiu quanto um amigo verdadeiro é precioso na desventura: é como o outeiro que abriga do vendaval o tronco forte e robusto do ubiratã, quando o cupim lhe broca o âmago.

O camucim, que recebeu o corpo de Iracema, embebido de resinas odoríferas, foi enterrado ao pé do coqueiro, à borda do rio. Martim, quebrou um ramo de murta, a folha da tristeza, e deitou-o no jazido de sua esposa.

A jandaia pousada no olho da palmeira repetia tristemente:

— Iracema!

Desde então os guerreiros pitiguaras, que passavam perto da cabana abandonada e ouviam ressoar a voz plangente da ave amiga, afastavam-se, com a alma cheia de tristeza, do coqueiro onde cantava a jandaia.

E foi assim que um dia veio a chamar-se Ceará o rio onde crescia o coqueiro, e os campos onde serpeja o rio.

XXXIII

O cajueiro floresceu quatro vezes depois que Martim partiu das praias do Ceará, levando no frágil barco o filho e o cão fiel. A jandaia não quis deixar a terra onde repousava sua amiga e senhora.

O primeiro cearense, ainda no berço, emigrava da terra da pátria. Havia aí a predestinação de uma raça?

Poti levantava a taba de seus guerreiros na margem do rio e esperava o irmão que lhe prometera voltar. Todas as manhãs subia ao morro das areias e volvia os olhos ao mar, para ver se branqueava ao longe a vela amiga.

Afinal volta Martim de novo às terras, que foram de sua felicidade, e são agora de amarga saudade. Quando seu pé sentiu o calor das brancas areias, em seu coração derramou-se um fogo, que o requeimou: era o fogo das recordações que ardiam como a centelha sob as cinzas.

Só aplacou essa chama quando ele tocou a terra, onde dormia sua esposa; porque nesse instante seu coração transudou, como o tronco do jetaí nos ardentes calores, e orvalhou sua tristeza de lágrimas abundantes.

Muitos guerreiros de sua raça acompanharam o chefe branco, para fundar com ele a mairi dos cristãos. Veio também um sacerdote de sua religião, de negras vestes, para plantar a cruz na terra selvagem.

Poti foi o primeiro que ajoelhou aos pés do sagrado lenho; não sofria ele que nada mais o separasse de seu irmão branco. Deviam ter ambos um só deus, como tinham um só coração.

Ele recebeu com o batismo o nome do santo, cujo era o dia; e o do rei, a quem ia servir, e sobre os dous o seu, na língua dos novos irmãos. Sua fama cresceu e ainda hoje é o orgulho da terra, onde ele primeiro viu a luz.

A mairi que Martim erguera à margem do rio, nas praias do Ceará, medrou. Germinou a palavra do Deus verdadeiro na terra selvagem; e o bronze sagrado ressoou nos vales onde rugia o maracá.

Jacaúna veio habitar nos campos da Porangaba para estar perto de seu amigo branco; Camarão erguera a taba de seus guerreiros nas margens da Mecejana.

Tempo depois, quando veio Albuquerque, o grande chefe dos guerreiros brancos, Martim e Camarão partiram para as margens do Mearim a castigar o feroz tupinambá e expulsar o branco tapuia.

Era sempre com emoção que o esposo de Iracema revia as plagas onde fora tão feliz, e as verdes folhas a cuja sombra dormia a formosa tabajara.

Muitas vezes ia sentar-se naquelas doces areias, para cismar e acalentar no peito a agra saudade.

A jandaia cantava ainda no olho do coqueiro; mas não repetia já o mavioso nome de Iracema.

Tudo passa sobre a terra.

FIM

Notas

Argumento histórico — Em 1603, Pero Coelho, homem nobre da Paraíba, partiu como capitão-mor de descoberta, levando uma força de oitenta colonos e oitocentos índios. Chegou à foz do Jaguaribe e aí fundou o povoado que teve nome de *Nova Lisboa*.

Foi esse o primeiro estabelecimento colonial do Ceará.

Como Pero Coelho se visse abandonado dos sócios, mandaram-lhe João Soromenho com socorros. Esse oficial, autorizado a fazer cativos para indenização das despesas, não respeitou os próprios índios do Jaguaribe, amigos dos portugueses.

Tal foi a causa da ruína do nascente povoado. Retiraram-se os colonos pelas hostilidades dos indígenas; e Pero Coelho ficou ao desamparo, obrigado a voltar à Paraíba por terra, com sua mulher e filhos pequenos.

Na primeira expedição, foi do Rio Grande do Norte um moço de nome Martim Soares Moreno, que se ligou de amizade com Jacaúna, chefe dos índios do litoral, e seu irmão Poti. Em 1608, por ordem de dom Diogo de Meneses, voltou a dar princípio à regular colonização daquela capitania, o que levou a efeito, fundando o presídio de Nossa Senhora do Amparo em 1611.

Jacaúna, que habitava as margens do Acaracu, veio estabelecer-se com sua tribo nas proximidades do recente povoado, para o proteger contra os índios do interior e os franceses que infestavam a costa.

Poti recebeu no batismo o nome de Antônio Filipe Camarão, que ilustrou na guerra holandesa. Seus serviços foram remunerados com o foro de fidalgo, a comenda de Cristo e o cargo de capitão-mor dos índios.

Martim Soares Moreno chegou a mestre de campo e foi um dos excelentes cabos portugueses que libertaram o Brasil da invasão holandesa. O Ceará deve honrar sua memória como a de um varão prestante e seu verdadeiro fundador, pois que o primeiro povoado à foz do rio Jaguaribe não passou de uma tentativa frustrada.

Este é o argumento histórico da lenda; em notas especiais se indicarão alguns outros subsídios recebidos dos cronistas do tempo.

Há uma questão histórica relativa a este assunto; falo da pátria do Camarão, que um escritor pernambucano quis pôr em dúvida, tirando a glória ao Ceará para a dar à sua província.

Este ponto, aliás somente contestado nos tempos modernos pelo sr. comendador Melo em suas *Biografias*, me parece suficientemente elucidado já, depois da erudita carta do sr. Basílio Quaresma Torreão, publicada no *Mercantil* nº 26, de 26 de janeiro de 1860, segunda página.

Entretanto farei sempre uma observação.

Em primeiro lugar, a tradição oral é uma fonte importante da história, e às vezes a mais pura e verdadeira. Ora, na província de Ceará, em Sobral, não só referiam-se entre gente do povo notícias do Camarão, como existia uma velha mulher que se dizia dele sobrinha. Essa tradição foi colhida por diversos escritores, entre eles o conspícuo autor da *Corografia brasílica*.

O autor do *Valeroso Lucideno* é dos antigos o único que positivamente afirma ser Camarão filho de Pernambuco; mas além de encontrar este asserto a versão de outros escritores de nota, acresce que Berredo explica perfeitamente o dito daquele escritor, quando fala da expedição de Pero Coelho de Souza a Jaguaribe, *sítio naquele tempo e também no de hoje da jurisdição de Pernambuco.*

Outro ponto é necessário esclarecer para que não me censurem de infiel à verdade histórica. É a nação de Jacaúna e Camarão, que alguns pretendem ter sido a tabajara.

Há nisso manifesto engano.

Em todas as crônicas se fala das tribos de Jacaúna e Camarão como habitantes do litoral, e tanto que auxiliam a fundação do Ceará, como já haviam auxiliado a da Nova Lisboa em Jaguaribe. Ora, a nação que habitava o litoral entre o Parnaíba e o Jaguaribe ou Rio Grande era a dos pitiguaras, como atesta Gabriel Soares. Os tabajaras habitavam a serra de Ibiapaba, e portanto o interior.

Como chefes dos tabajaras são mencionados Mel-Redondo no Ceará e Grão Deabo em Piauí. Esses chefes foram sempre inimigos irreconciliáveis e rancorosos dos portugueses e aliados dos franceses do Maranhão, que penetraram até Ibiapaba. Jacaúna e Camarão são conhecidos por sua aliança firme com os portugueses.

Mas o que solve a questão é o seguinte texto. Lê-se nas *Memórias diárias* da guerra brasílica do Conde de Pernambuco: — "1634*, janeiro 18: Pelo bom procedimento com que havia servido A. F. Camarão, o fez El-rei capitão-mor de todos os índios não somente de *sua nação, que era Pitiguar*, mas das outras residentes em várias aldeias".

Esta autoridade, além de contemporânea, testemunhal, não pode ser recusada, especialmente quando se exprime tão positiva e intencionalmente a respeito do ponto duvidoso.

CAPÍTULO I

P. 15 *Onde canta a jandaia*: diz a tradição que Ceará significa na língua indígena *canto de jandaia*.

Aires do Casal, *Corografia brasílica*, refere essa tradição. O senador Pompeu, em seu excelente dicionário topográfico, menciona uma opinião, nova para mim, que pretende vir *Siará* da palavra *suia* — caça, em virtude da abundância de caça que se encontrava nas margens do rio. Essa etimologia é forçada. Para designar quantidade, usava a língua tupi da desinência *iba*; a desinência *ára*, junta aos verbos, designa o sujeito que exercita a ação atual; junta aos nomes, o que tem atualmente o objeto; ex.: *coatiara* — o que pinta, *juçara* — o que tem espinhos.

Ceará é o nome composto de *cemo* — cantar forte, clamar, e *ará* — pequena arara ou periquito. Essa é a etimologia verdadeira; não é só conforme à tradição, como às regras da língua tupi.

P. 15 *Iracema*: em guarani significa "lábios de mel" — de *ira*, mel e *tembe* — lábios. *Tembe* na composição altera-se em *ceme*, como na palavra *ceme-iba*.

P. 15 *Jirau*: na jangada é uma espécie de estrado onde acomodam os passageiros; às vezes o cobrem com teto de palha. Em geral é qualquer estiva elevada do solo e suspensa em forquilhas.

CAPÍTULO II

P. 17 *Graúna*: é o pássaro conhecido de cor negra luzidia. Seu nome vem por corrupção de *guira* — pássaro, e *una*, abreviação de *pixuna* — preto.

P. 17 *Jati*: pequena abelha que fabrica delicioso mel.

P. 17 *Ipu*: chamam ainda hoje no Ceará certa qualidade de terra muito fértil, que forma grandes coroas ou ilhas no meio dos tabuleiros e sertões, e é de preferência procurada para a cultura. Daí se deriva o nome dessa comarca da província.

P. 17 *Tabajara*: senhor das aldeias, de *taba* — aldeia, e *jara* — senhor. Essa nação dominava o interior da província, especialmente a serra da Ibiapaba.

P. 17 *Oiticica*: árvore frondosa, apreciada pela deliciosa frescura que derrama sua sombra.

P. 17 *Gará*: ave paludal, muito conhecida pelo nome de *guará*. Penso eu que esse nome anda corrompido de sua verdadeira origem, que é *ig* — água, e *ará* — arara: arara d'água, assim chamada pela bela cor vermelha.

P. 17 *Ará*: periquito. Os indígenas como aumentativo usavam repetir a última sílaba da palavra e às vezes toda a palavra, como *murémuré*. *Muré* — frauta, *muremuré* — grande frauta. *Arárá* vinha a ser, pois, o aumentativo de *ará*, e significaria a espécie maior do gênero.

P. 17 *Uru*: cestinho que servia de cofre às selvagens para guardar seus objetos de mais preço e estimação.

P. 18 *Crautá*: bromélia vulgar, de que se tiram fibras tanto ou mais finas que as do linho.

P. 18 *Juçara*: palmeira de grandes espinhos, dos quais servem-se ainda hoje para dividir os fios de renda.

P. 18 *Uiraçaba*: aljava, de *uira* — seta, e a desinência *çaba* — coisa própria.

P. 18 *Quebrar a flecha*: era entre os indígenas a maneira simbólica de estabelecerem a paz entre as diversas tribos, ou mesmo entre dois guerreiros inimigos. Desde já advertimos que não se estranhe a maneira por que o estrangeiro se exprime falando com os selvagens; ao seu perfeito conhecimento dos usos e língua dos indígenas, e sobretudo a ter-se conformado com eles ao ponto de deixar os trajes europeus e pintar-se, deveu Martim Soares Moreno a influência que adquiriu entre os índios do Ceará.

CAPÍTULO III

P. 19 *Ibiapaba*: grande serra que se prolonga ao norte da província e a estrema com Piauí. Significa terra aparada. O dr. Martius em seu *Glossário* lhe atribui outra etimologia. *Iby* — terra, e *pabe* — tudo. A primeira, porém, tem a autoridade de Vieira.

P. 20 *Igaçaba*: Vaso, pote, de *ig* — água, e a desinência *çaba* — coisa própria.

P. 20 *Vieste*: a saudação usual da hospitalidade era esta: — *Ere ioubê* (tu vieste)? — *Pa-aiotu* (vim, sim). — *Auge-be* (bem dito). Veja-se Léry, p. 286.

P. 20 *Jaguaribe*: maior rio da província; tirou o nome da quantidade de onças que povoavam suas margens. *Jaguar* — onça, *iba* — desinência para exprimir cópia, abundância.

P. 20 *Pitiguaras*: grande nação de índios que habitava o litoral da província e estendia-se desde o Parnaíba até o Rio Grande do Norte. A ortografia do nome anda mui viciada nas diferentes versões, pelo que se tornou difícil conhecer a etimologia.

Iby significava terra; *iby-tira* veio a significar serra ou terra alta. Aos vales chamavam os indígenas *iby-tira-cua* — cintura das montanhas. A desinência *jara* — senhor, acrescentada, formou a palavra *Ibiticuara*, que por corrupção deu *Pitiguara* — senhores dos vales.

P. 20 *Martim*: da origem latina de seu nome, procedente de Marte, deduz o estrangeiro a significação que lhe dá.

P. 20 *Acaracu*: o nome do rio vem de *acará* — garça, *co* — buraco, toca, ninho, e *y* — som dúbio entre *i* e *u*, que os portugueses ora exprimiam de um, ora de outro modo, significando água. Rio do ninho das garças é, pois, a tradução de *Acaracu*.

P. 21 *Mau espírito da floresta*: os indígenas chamavam a esses espíritos *caa-pora*, habitantes da mata, donde por corrupção veio a palavra caipora, introduzida na língua portuguesa em sentido figurado.

CAPÍTULO IV

P. 22 *As mais belas mulheres*: este costume da hospitalidade americana é atestado pelos cronistas. A ele se atribui o belo rasgo de virtude de Anchieta, que, para fortalecer a sua castidade, compunha nas praias de Iperoig o poema da *Virgindade de Maria*, cujos versos escrevia nas areias úmidas, para melhor os polir.

P. 22 *Jurema*: árvore meã, de folhagem espessa; dá um fruto excessivamente amargo, de cheiro acre, do qual, juntamente com as folhas e outros ingredientes, preparavam os selvagens uma bebida que tinha o efeito do haxixe, de produzir sonhos tão vivos e intensos que a pessoa sentia com delícias e como se fossem realidade as alucinações agradáveis da fantasia excitada pelo narcótico. A fabricação desse licor era um segredo, explorado pelos pajés, em proveito de sua influência. *Jurema* é composto de *ju* — espinho, e *rema* — cheiro desagradável.

P. 23 *Irapuã*: de *ira* — mel, e *apuam* — redondo; é o nome dado a uma abelha virulenta e brava, por causa da forma redonda de sua colmeia. Por corrupção reduziu-se esse nome atualmente a *arapuá*. O guerreiro de que se trata aqui é o célebre Mel Redondo, assim chamado pelos cronistas do tempo, que traduziram seu nome ao pé da letra. Mel Redondo, chefe dos tabajaras da serra de Ibiapaba, foi encarniçado inimigo dos portugueses e amigo dos franceses.

P. 23 *Estrela morta*: a estrela polar, por causa da sua imobilidade; orientavam-se por ela os selvagens durante a noite.

P. 23 *Boicininga*: é a cascavel, de *boia* — cobra, e *cininga* — chocalho.

P. 23 *Oitibó*: é uma ave noturna, espécie de coruja. Outros dizem *noitibó*.

CAPÍTULO V

P. 25 *Espíritos da treva*: a esses espíritos chamavam os selvagens *curupira*, meninos maus, de *curumim* — menino, e *pira* — mau.

P. 25 *Boré*: frauta de bambu, o mesmo que muré.

P. 25 *Ocara*: praça circular que ficava no centro da taba, cercada pela estacada, e para a qual abriam todas as casas. Composto de *oca* — casa, e a desinência *ara* — que tem; aquilo que tem a casa, ou onde a casa está.

P. 25 *Potiguara*: comedor de camarão; de *poty* e *uara*. Nome que por desprezo davam os inimigos aos pitiguaras, que habitavam as praias e viviam em grande parte de pesca. Este nome dão alguns escritores aos pitiguaras, porque o receberam de seus inimigos.

P. 26 *Pocema*: grande alarido que faziam os selvagens nas ocasiões da alegria; é palavra adotada já na língua portuguesa e inserida no dicionário de Morais. Vem de *po* — mão, e *cemo* — clamar: clamor das mãos, porque os selvagens acompanhavam o vozear com o bater das palmas e das armas.

P. 26 *Andira*: morcego; é em alusão a seu nome que Irapuã dirige logo palavras de desprezo ao velho guerreiro.

CAPÍTULO VI

P. 28 *Aracati*: significa este nome bom tempo — de *ara* e *catu*. Os selvagens do sertão assim chamavam as brisas do mar que sopram regularmente ao cair da tarde e, correndo pelo vale do Jaguaribe, se derramam pelo interior e refrigeram da calma abrasadora do verão. Daí resultou chamar-se *Aracati* o lugar de onde vinha a monção. Ainda hoje no Icó o nome é conservado à brisa da tarde, que sopra do mar.

CAPÍTULO VII

P. 31 *Aflar*: A respeito desta palavra lia-se na primeira edição desta obra a nota seguinte:

"Sobre este verbo que introduzi na língua portuguesa do latim *afflo*, já escrevi o que entendi em nota de uma segunda edição da *Diva*, que brevemente há de vir à luz".

Completo equívoco de minha parte, pois o verbo foi usado por Mousinho e o padre Bernardes.

P. 31 *Anhanga*: davam os indígenas este nome ao espírito do mal; compõe-se de *anho* — só, e *angá* — alma. Espírito só, privado de corpo, fantasma.

CAPÍTULO VIII

P. 35 *Camucim*: vaso onde encerravam os indígenas os corpos dos mortos e lhes servia de túmulo; outros dizem *camotim*, e talvez com melhor ortografia, porque, se não me engano, o nome é corrupção da frase *co* — buraco, *ambira* — defunto, *anhotim* — enterrar; buraco para enterrar o defunto: *c´ am´ otim*. O nome dava-se também a qualquer pote.

P. 35 Andiroba: árvore que dá um azeite amargo.

P. 35 *Cabelos do sol*: em tupi, *guaraciaba*. Assim chamavam os indígenas aos europeus que tinham os cabelos louros.

P. 36 *Capoeira*: corruptela de *caa-apuam-era*, que significa ilha de mato já cortado uma vez.

CAPÍTULO IX

P. 37 *Moquém*: do verbo *mocáem* — assar na labareda. Era a maneira por que os indígenas conservavam a caça para não apodrecer, quando a levavam em viagem. Nas cabanas a tinham no fumeiro.

P. 38 *Senhor do caminho*: assim designavam os indígenas ao guia, de *py* — caminho, e *guara* — senhor.

P. 38 *O dia vai ficar triste*: os tupis chamavam a tarde *caruca*, segundo o dicionário. Segundo Léry, *che caruc acy* significa "estou triste". Qual destes era o sentido figurado da palavra? Tiraram a imagem da tristeza da sombra da tarde, ou imagem do crepúsculo do torvamento do espírito?

P. 38 *Jurupari*: demônio; de *juru* — boca, e *apara* — torto, aleijado. O boca torta.

P. 39 *Ubaia*: fruta conhecida da espécie eugênia. Significa fruta saudável; de *uba* — fruta, e *aia* — saudável.

CAPÍTULO X

P. 40 *Jandaia*: este nome que anda escrito por diversas maneiras, *nhendaia*, *nhandaia*, e em todas alterado, é apenas um adjetivo qualificativo do substantivo *ará*. Deriva-se ele das palavras *nheng* — falar, *antan* — duro, forte, áspero, e *ara* — desinência verbal que exprime o agente: *nh' ant' ara*; substituído o *t* por *d* e o *r* por *i*, tornou-se nhandaia, donde jandaia, que se traduzirá por periquito grasnador. Do canto desta ave, como se viu, é que vem o nome de Ceará, segundo a etimologia que lhe dá a tradição.

P. 41 *Inhuma*: ave noturna palamédea. A espécie de que se fala aqui é a palamédea chavaria, que canta regularmente à meia-noite. A ortografia melhor creio ser *anhuma*, talvez de *anho* — só, e *anum* — ave agoureira conhecida. Significaria então *anum* solitário, assim chamado pela tal ou qual semelhança do grito desagradável.

P. 42 *Inúbia*: trombeta de guerra. Os indígenas, segundo Léry, as tinham tão grandes que mediam muitos palmos no diâmetro de abertura.

CAPÍTULO XI

P. 43 *Guará*: cão selvagem, lobo brasileiro. Provém esta palavra do verbo *u* — comer, do qual se forma com o relativo *g* e a desinência *ara* o verbal *g-u-ára* — comedor. A sílaba final longa é a partícula propositiva *á*, que serve para dar força à palavra.

G-u-ára-á — realmente comedor, voraz.

P. 44 *Jiboia*: cobra conhecida; de *gi* — machado, e *boia* — cobra. O nome foi tirado da maneira por que a serpente lança o bote, semelhante ao golpe do machado; pode traduzir-se bem: cobra de arremesso.

P. 44 *Sucuri*: a serpente gigante que habita nos grandes rios e engole um boi. De *suu* — animal, e *cury* ou *curu* — roncador. Animal roncador, porque de feito o ronco da sucuri é medonho.

P. 44 *Ouve seu trovão*: todo esse episódio do rugido da terra é uma astúcia, como usavam os pajés e os sacerdotes dessa nação selvagem para fascinar a imaginação do povo. A cabana estava assentada sobre um rochedo, onde havia uma galeria subterrânea que comunicava com a várzea por estreita abertura; Araquém tivera o cuidado de tapar com grandes pedras as duas aberturas para ocultar a gruta dos guerreiros. Nessa ocasião a fenda inferior estava aberta, e o pajé o sabia; abrindo a fenda superior, o ar encanou-se pelo antro espiral com estridor medonho, e de que pode dar uma ideia o sussurro dos caramujos. O fato é, pois, natural; a aparência, sim, é maravilhosa.

P. 45 *Maracá*: pendão de guerra; de *marã* — combate, e *aca* — chifre, ponta. O maracá servia de estandarte aos tupis.

P. 45 *Abati n'água*: *abati* é o nome tupi do arroz; Iracema serve-se da imagem do arroz, que só viça no alagado, para exprimir sua alegria.

CAPÍTULO XIV

P. 53 *Ubiratã*: pau-ferro; de *ubira* — pau, e *antan* — duro.

P. 53 *Maracajá*: gato selvagem, de pele mosqueada.

P. 53 *Caititus*: porco-do-mato, espécie de javali brasileiro. De *caeté* — mato grande e virgem, e *suu* — caça, mudado o *s* em *t* na composição pela eufonia da língua. Caça do mato virgem.

P. 53 *Jaguar*: vimos que guará significa voraz. Jaguar tem inquestionavelmente a mesma etimologia; é o verbal *guara* e o pronome *já* — nós. Jaguar era, pois, para os indígenas, todos os animais que os devoravam. *Jaguareté* — o grande devorador.

P. 53 *Anajê*: gavião.

P. 55 *Acauã*: ave inimiga das cobras; de *caa* — pau, e *uan*, do verbo *u* — comer. Diz Aires do Casal que lhe vem o nome do grito que solta.

CAPÍTULO XV

P. 56 *Saí*: lindo pássaro, do qual há várias espécies, sendo a mais graciosa a do *saixê*, tanto pela plumagem como pelo canto.

P. 57 *À cintura da virgem*: os indígenas chamavam a amante possuída *aguaçaba*; de *aba* — homem, *cua* — cintura, *çaba* — coisa própria, a mulher que o homem cinge ou traz à cintura. Fica, pois, claro o pensamento de Iracema.

P. 58 *Carioba*: camisa de algodão; de *cary* — branco, e *oba* — roupa. Tinha também a *araçoia*, de *arara* e *oba* — vestido de penas de arara.

CAPÍTULO XVI

P. 60 *Jaci*: a lua. Do pronome *já* — nós, e *cy* — mãe. A lua exprimia o mês para os selvagens e seu nascimento era sempre por eles festejado.

P. 60 *Fogos da alegria:* chamavam os selvagens *tory* — os fachos ou fogos; e *toryba* — alegria, festa, grande cópia de fachos.

P. 61 *Bucã:* significa uma espécie de grelha que os selvagens faziam para assar a caça; daí vem o verbo francês *boucaner*. A palavra provém da língua tupi ou guarani.

CAPÍTULO XVII

P. 65 *Abaeté*: varão abalizado; de *aba* — homem, e *etê* — forte, egrégio.

CAPÍTULO XVIII

P. 67 *Jacaúna*: jacarandá-preto, de *jaca* — abreviação de jacarandá, e *una* — preto. Este Jacaúna é o célebre chefe, amigo de Martim Soares Moreno.

P. 67 *Cuandu*: porco-espinho.

P. 68 *Seu colar de guerra*: o colar que os selvagens faziam dos dentes dos inimigos vencidos era um brasão e troféu de valentia.

CAPÍTULO XIX

P. 70 *Japi*: significa nosso pé; do pronome *já* — nós, *py* — pé.
P. 70 *Ibiapina*: de *iby* — terra, e *apino* — tosquiar.
P. 71 *Jatobá*: grande árvore real. O lugar da cena é o sítio da hoje Vila Viçosa, onde diz a tradição ter nascido Camarão.

CAPÍTULO XX

P. 73 *Meruoca*: de *meru* — mosca, e *oca* — casa. Serra junto de Sobral, fértil em mantimentos.
P. 74 *Uruburetama*: pátria ou ninho de urubus: serra bastante alta.
P. 74 *Mundaú*: rio muito tortuoso que nasce na serra de Uruburetama. *Mundé* — cilada, e *hu* — rio.
P. 74 *Potengi*: rio que rega a cidade de Natal, donde era filho Soares Moreno.

CAPÍTULO XXI

P. 75 *As saborosas traíras*: é o rio Trairi, trinta léguas ao norte da capital. De *traíra* — peixe, e *y* — rio. Hoje é povoação e distrito de paz.
P. 75 *Piroquara*: de *pira* — peixe, e *coara* toca.
P. 75 *Soipé*: país da caça. De *soo* — caça, e *ipé* — lugar onde. Diz-se hoje Suipé, rio e povoação pertencente à freguesia e termo da Fortaleza, situada à margem dos alagados chamados Jaguaruçu, na embocadura do rio.
p. 76 *Cauípe*: de *cauim* — vinho de caju, e *ipe* — lugar onde.
P. 76 *Rio que forma um braço de mar*: é o *Parnaíba*, rio do Piauí. Vem de *pará* — mar, *nhanhe* — correr, e *hyba* — braço; braço corrente do mar. Geralmente se diz que *pará* significa rio e *paraná*, mar; é inteiramente o contrário.
P. 76 *Mocoripe*: morro de areia na enseada do mesmo nome, a uma légua da Fortaleza. Vem de *corib* — alegrar, e

mo, partícula ou abreviatura do verbo *monhang* — fazer, que se junta aos verbos neutros e mesmo ativos para dar-lhes significação passiva; ex.: *caneon* — afligir-se, *mocaneon* — fazer alguém aflito.

P. 77 *Brancos tapuias*: em tupi — *tapuitinga*. Nome que os pitiguaras davam aos franceses para diferençá-los dos tupinambás. *Tapuia* significa bárbaro, inimigo. De *taba* — aldeia, e *puir* — fugir: os fugidos da aldeia.

P. 77 *Mairi*: cidade. Talvez provenha o nome de *mair* — estrangeiro, e fosse aplicado aos povoados dos brancos em oposição às tabas dos índios.

CAPÍTULO XXII

P. 79 *Batuireté*: narceja ilustre; de *batuira* e *eté*. Apelido que tomara o chefe pitiguara, e que na linguagem figurada valia tanto como valente nadador. É o nome de uma serra fertilíssima e da comarca que ela ocupa.

P. 79 *Suas estrelas eram muitas*: contavam os indígenas os anos pelo nascimento das Plêiades no Oriente; e também costumavam guardar uma castanha de cada estação do caju para marcar a idade.

P. 79 *Jatobá*: árvore frondosa, talvez de *jetahy*, *oba* — folha, e *a*, aumentativo; jetaí de grande copa. É o nome de um rio e de uma serra em Santa Quitéria.

P. 80 *Quixeramobim*: segundo o dr. Martius, traduz-se por essa exclamação de saudade. Compõe-se de *Qui* — ah!, *xere* — meus, *amôbinhê* — outros tempos.

P. 80 *Caminho das garças*: em tupi, *Acarape*, povoação na freguesia de Batuirité a nove léguas da capital.

P. 80 *Maranguab*: a serra de Maranguape, distante cinco léguas da capital e notável pela sua fertilidade e formosura. O nome indígena compõe-se de *maran* — guerrear, e *coaub* — sabedor; *maran* talvez seja abreviação de *maramonhang* — fazer guerra, se não é, como eu penso, o substantivo simples guerra, de que se fez o verbo composto. O dr. Martius traz etimologia diversa. *Mara* —

árvore, *angai* — de nenhuma maneira, *guabe* — comer. Esta etimologia nem me parece própria ao objeto, que é uma serra, nem conforme com os preceitos da língua.

P. 80 *Pirapora*: rio de Maranguape, notável pela frescura de suas águas e excelência dos banhos chamados de Pirapora, no lugar das cachoeiras. Provém o nome de *pira* — peixe, *pore* — salto; salto do peixe.

P. 81 *O gavião branco*: batuireté chama assim o guerreiro branco, ao passo que trata o neto por narceja; ele profetiza nesse paralelo a destruição de sua raça pela raça branca.

CAPÍTULO XXIII

P. 83 *Porangaba*: significa beleza. É uma lagoa distante da cidade uma légua em sítio aprazível. Hoje a chamam Arronches; em suas margens está a decadente povoação do mesmo nome.

P. 84 *Jereraú*: rio das marrecas; de *jerere* ou *irerê* — marreca, e *hu* — água. Este lugar ainda hoje é notável pela excelência da fruta, com especialidade as belas laranjas conhecidas por *laranjas de Jereraú*.

P. 84 *Sapiranga*: lagoa no sítio Alagadiço Novo, a cerca de duas léguas da capital. O nome indígena significa olhos vermelhos, de *ceça* — olhos, e *piranga* — vermelhos. Esse mesmo nome dão usualmente no Norte a certa oftalmia.

P. 84 *Muritiapuá*: de *muriti* — nome da palmeira mais vulgarmente conhecida por buriti, e *apuã* — ilha. Lugarejo no mesmo sítio referido.

P. 84 *Aratanha*: de *arara* — ave, e *tanha* — bico. Serra mui fértil e cultivada, em continuação da de Maranguape.

P. 84 *Guaiúba*: de *goaia* — vale, *y* — água, *jur* — vir, *be* — por onde: por onde vêm as águas do vale. Rio que nasce na serra da Aratanha e corta a povoação do mesmo nome a seis léguas da capital.

P. 84 *Pacatuba*: de *paca* e *tuba*, leito ou couto das pacas. Recente, mas importante povoação, em um belo vale da serra da Aratanha.

p. 86 *Âmbar*: as praias do Ceará eram nesse tempo abundantes de âmbar que o mar arrojava. Chamavam-lhe os indígenas *pira repoti* — esterco de peixe.

CAPÍTULO XXIV

p. 88 *Coatiabo*: a história menciona esse fato de Martim Soares Moreno se ter coatiado quando vivia entre os selvagens do Ceará. *Coatiá* significa pintar. A desinência *abo* significa o objeto que sofreu a ação do verbo e, sem dúvida, provém de *aba* — gente, criatura.

CAPÍTULO XXV

p. 89 *Colibri*: desse letargo do colibri no inverno fala Simão de Vasconcelos.

p. 89 *Carbeto*: espécie de serão que faziam os índios à noite em uma cabana maior, onde todos se reuniam para conversar. Leia-se Ives d'Evreux, *Viagem ao Norte do Brasil*.

CAPÍTULO XXVI

p. 94 *Mecejana*: lagoa e povoação a duas léguas da capital. O verbo *cejar* significa abandonar; a desinência *ana* indica a pessoa que exercita a ação do verbo. *Cejana* significa o que abandona. Junta à partícula *mo* do verbo *monhang* — fazer, vem a palavra a significar o que fez abandonar ou que foi lugar e ocasião de abandonar. A opinião geral é que o nome deste povoado provém de Portugal, como Soure e Arronches. Nesse caso devia escrever-se *Mesejana*, do árabe *masjana*.

Ora, nos mais antigos documentos encontra-se *Me-*

cejana, com *c*, o que indicaria uma alteração pouco natural, quando o Ceará foi exclusivamente povoado por portugueses, os quais conservaram, em sua pureza, todos os outros nomes de origem lusitana.

P. 94 *Monguba*: árvore que dá um fruto cheio de cotão, semelhante ao da sumaúma, com a diferença de ser escuro. Daí veio o nome de uma parte da serra de Maranguape.

CAPÍTULO XXVII

P. 96 *Imbu*: fruta da serra do Araripe que não vem no litoral. É saborosa e semelhante ao cajá.

P. 96 *Jacarecanga*: morro de areia na praia do Ceará, afamado pela fonte de água fresca puríssima. Vem o nome de *jacaré* — crocodilo, e *acanga* — cabeça.

CAPÍTULO XXVIII

P. 99 *Japim*: pássaro cor de ouro com encontros pretos e conhecido vulgarmente pelo nome de *sofrê*.

P. 100 *Folha escura*: a murta, que os indígenas chamavam *capixuna*, de *caa* — rama, folhagem, e *pixuna* — escuro. Daí vem a figura de que usa Iracema para exprimir a tristeza que ela produz no esposo.

CAPÍTULO XXIX

P. 101 *Tupinambás*: nação formidável, ramo primitivo da grande raça tupi. Depois de uma resistência heroica, não podendo expulsar os portugueses da Bahia, emigraram até o Maranhão, onde fizeram aliança com os franceses, que já então infestavam aquelas paragens. O nome que eles se davam significa gente parente dos tupis, de *tupi* — *anama* — *aba*.

P. 102 *Baía dos papagaios*: é a baía da *Jericoacoara*, de *jeru*

— papagaio, *cua* — várzea, *coara* — buraco ou seio: enseada da várzea dos papagaios. É um dos bons portos do Ceará.

P. 102 *Maracatim*: grande barco que levava na proa — *tim* — um *maracá*. Aos barcos menores ou canoas chamavam *igara*, de *ig* — água, e *jára* — senhor; senhora d'água.

P. 102 *Caiçara*: de *cai* — pau queimado, e desinência *çara*, coisa que tem, ou se faz; o que se faz de pau queimado. Era uma forte estacada de pau a pique.

CAPÍTULO XXX

P. 104 *Moacir*: filho do sofrimento: de *moacy* — dor, e *ira* — desinência que significa saído de.

P. 105 *Chupou tua alma*: criança em tupi é *pitanga*, de *piter* — chupar, e *anga* — alma; chupa alma. Seria porque as crianças atraem e deleitam aos que as veem? Ou porque absorvem uma porção d'alma dos pais? Caubi fala nesse último sentido.

CAPÍTULO XXXI

P. 108 *Carimã*: uma conhecida preparação de mandioca. *Caric* — correr, *mani* — mandioca: mandioca escorrida.

CAPÍTULO XXXII

P. 110 *Tauape*: lugar do barro amarelo: de *tauá* e *ipé*. Fica no caminho de Maranguape.

P. 110 *Piau*: peixe que deu o nome ao rio Piauí.

P. 110 *Velha taba*: tradução de *Tapui-tapera*. Assim chamava-se um dos estabelecimentos dos tupinambás no Maranhão.

P. 110 *Itaoca*: casa de pedra, fortaleza.

P. 112 *Manacá*: linda flor. Veja-se o que diz a respeito o sr. Gonçalves Dias em seu dicionário.

P. 112 *Cupim*: inseto conhecido. O nome compõe-se de *co* — buraco, e *pim* — ferrão.

CAPÍTULO XXXIII

P. 114 *Albuquerque*: Jerônimo de Albuquerque, chefe da expedição ao Maranhão em 1612.

Carta
Ao dr. Jaguaribe
(DA PRIMEIRA EDIÇÃO)

Eis-me de novo, conforme o prometido.

Já leu o livro e as notas que o acompanham; conversemos pois.

Conversemos sem cerimônia, em toda familiaridade, como se cada um estivesse recostado em sua rede, ao vaivém do lânguido balanço, que convida à doce prática.

Se algum leitor curioso se puser à escuta, deixá-lo. Não havemos por isso de mudar o tom rasteiro da intimidade pela frase garrida das salas.

Sem mais.

Há de recordar-se você de uma noite que entrando em minha casa, quatro anos a esta parte, achou-me rabiscando um livro. Era isso em uma quadra importante, pois que uma nova legislatura, filha de nova lei, fazia sua primeira sessão; e o país tinha os olhos nela, de quem esperava iniciativa generosa para melhor situação.

Já estava eu meio descrido das cousas, e mais dos homens; e por isso buscava na literatura diversão à tristeza que me infundia o estado da pátria entorpecida pela indiferença. Cuidava eu porém que você, político de antiga e melhor têmpera, pouco se preocupava com as cousas literárias, não por menospreço, sim por vocação.

A conversa que tivemos então revelou meu engano; achei um cultor e amigo da literatura amena; e juntos lemos alguns trechos da obra, que tinha, e ainda não as perdeu, pretensões a um poema.

É como viu e como então lhe esbocei a largos traços, uma heroide que tem por assunto as tradições dos indígenas brasileiros e seus costumes. Nunca me lembrara eu de dedicar-me a esse gênero de literatura, de que me abstive sempre, passados que foram os primeiros e fugaces arroubos da juventude. Suporta-se uma prosa medíocre, e até estima-se pelo quilate da ideia; mas o verso medíocre é a pior triaga que se possa impingir ao pio leitor.

Cometi a imprudência quando escrevia algumas cartas sobre a *Confederação dos tamoios* de dizer: "as tradições dos indígenas dão matéria para um grande poema que talvez um dia alguém apresente sem ruído nem aparato, como modesto fruto de suas vigílias".

Tanto bastou para que supusessem que o escritor se referia a si, e tinha já em mão o poema; várias pessoas perguntaram-me por ele. Meteu-me isto em brios literários; sem calcular das forças mínimas para empresa tão grande, que assoberbou dois ilustres poetas, tracei o plano da obra, e a comecei com tal vigor que a levei quase de um fôlego ao quarto canto.

Esse fôlego susteve-se cerca de cinco meses, mas amorteceu; e vou lhe confessar o motivo.

Desde cedo, quando começaram os primeiros pruridos literários, uma espécie de instinto me impelia a imaginação para a raça selvagem indígena. Digo instinto, porque não tinha eu então estudos bastantes para apreciar devidamente a nacionalidade de uma literatura; era simples prazer que movia-me à leitura das crônicas e memórias antigas.

Mais tarde, discernindo melhor as cousas, lia as produções que se publicavam sobre o tema indígena; não realizavam elas a poesia nacional, tal como me aparecia no estudo da vida selvagem dos autóctones brasileiros. Muitas pecavam pelo abuso dos termos indígenas acumulados uns sobre outros, o que não só quebrava a harmonia da língua portuguesa, como perturbava a inteligência do texto. Outras eram primorosas no estilo e ricas de belas imagens; porém faltava-lhes certa rudez ingênua de pensamento e expressão, que devia ser a linguagem dos indígenas.

Gonçalves Dias é o poeta nacional por excelência; ninguém lhe disputa na opulência da imaginação, no fino lavor do verso, no conhecimento da natureza brasileira e dos costumes selvagens. Em suas poesias americanas aproveitou muitas das mais lindas tradições dos indígenas; e em seu poema não concluído dos *Timbiras*, propôs-se a descrever a epopeia brasileira.

Entretanto, os selvagens de seu poema falam uma linguagem clássica, o que lhe foi censurado por outro poeta de grande estro, o dr. Bernardo Guimarães; eles exprimem ideias próprias do homem civilizado, e que não é verosímil tivessem no estado da natureza.

Sem dúvida que o poeta brasileiro tem de traduzir em sua língua as ideias, embora rudes e grosseiras, dos índios; mas nessa tradução está a grande dificuldade; é preciso que a língua civilizada se molde quanto possa à singeleza primitiva da língua bárbara; e não represente as imagens e pensamentos indígenas senão por termos e frases que ao leitor pareçam naturais na boca do selvagem.

O conhecimento da língua indígena é o melhor critério para a nacionalidade da literatura. Ele nos dá não só o verdadeiro estilo, como as imagens poéticas do selvagem, os modos de seu pensamento, as tendências de seu espírito, e até as menores particularidades de sua vida.

É nessa fonte que deve beber o poeta brasileiro; é dela que há de sair o verdadeiro poema nacional, tal como eu o imagino.

Cometendo portanto o grande arrojo, aproveitei o ensejo de realizar as ideias que me flutuavam no espírito, e não eram ainda plano fixo; a reflexão consolidou-as e robusteceu.

Na parte escrita da obra foram elas vazadas em grande cópia. Se a investigação laboriosa das belezas nativas, feita sobre imperfeitos e espúrios dicionários, exauria o espírito, a satisfação de cultivar essas flores agrestes da poesia brasileira deleitava. Um dia porém fatigado da contínua e aturada meditação, para descobrir a etimologia de algum vocábulo, assaltou-me um receio.

Todo este ímprobo trabalho que às vezes custava uma só palavra, me seria levado à conta? Saberiam que esse escrópulo d'ouro fino tinha sido desentranhado da profunda camada, onde dorme uma raça extinta? Ou pensariam que fora achado na superfície e trazido ao vento da fácil inspiração?

E sobre esse, logo outro receio.

A imagem ou pensamento com tanta fadiga esmerilhados, seriam apreciados em seu justo valor, pela maioria dos leitores? Não os julgariam inferiores a qualquer das imagens em voga, usadas na literatura moderna?

Ocorre-me um exemplo tirado deste livro. Guia, chamavam os indígenas, senhor do caminho, *piguara*. A beleza da expressão selvagem em sua tradução literal e etimológica me parece bem saliente. Não diziam sabedor, embora tivessem termo próprio, *couab*, porque essa frase não exprimiria a energia de seu pensamento. O caminho no estado selvagem não existe; não é cousa de saber; faz-se na ocasião da marcha através da floresta ou do campo, e em certa direção; aquele que o tem e o dá, é realmente senhor do caminho.

Não é bonito? Não está aí uma joia da poesia nacional?

Pois haverá quem prefira a expressão — rei do caminho, embora os brasis não tivessem rei, nem ideia de tal instituição. Outros se inclinaram à palavra guia, como mais simples e natural em português, embora não corresponda ao pensamento do selvagem.

Ora, escrever um poema que devia alongar-se para correr o risco de não ser entendido, e quando entendido não apreciado, era para desanimar o mais robusto talento, quanto mais a minha mediocridade. Que fazer? Encher o livro de grifos que o tornariam mais confuso e de notas que ninguém lê? Publicar a obra parcialmente para que os entendidos proferissem o veredito literário? Dar leitura dela a um círculo escolhido, que emitisse juízo ilustrado?

Todos estes meios tinham seu inconveniente, e todos foram repelidos: o primeiro afeava o livro; o segundo o truncava em pedaços; o terceiro não lhe aproveitaria pela cerimoniosa benevolência dos censores. O que pareceu melhor e mais acertado foi desviar o espírito dessa obra e dar-lhe novos rumos.

Mas não se abandona assim um livro começado, por pior que ele seja; aí nessas páginas cheias de rasuras e borrões dorme a larva do pensamento, que pode ser ninfa de asas douradas, se a inspiração fecundar o grosseiro casulo. Nas diversas pausas de suas preocupações o espírito volvia pois ao livro, onde estão ainda incubados e estarão cerca de dois mil versos heroicos.

Conforme a benevolência ou severidade de minha consciência, às vezes os acho bonitos e dignos de verem a luz; outras me parecem vulgares, monótonos, e somenos a quanta prosa charra tenho eu estendido sobre o papel. Se o amor de pai abranda afinal esse rigor, não desvanece porém nunca o receio de "perder inutilmente meu tempo a fazer versos para caboclos".

Em um desses volveres do espírito à obra começada, lembrou-me de fazer uma experiência em prosa. O verso pela sua dignidade e nobreza não comporta certa flexibilidade de expressão que entretanto não vai mal à prosa a mais elevada. A elasticidade da frase permitiria então que se empregassem com mais clareza as imagens indígenas, de modo a não passarem desapercebidas. Por outro lado conhecer-se-ia o efeito que havia de ter o verso pelo efeito que tivesse a prosa.

O assunto para a experiência, de antemão estava achado. Quando em 1848 revi nossa terra natal, tive a ideia de aproveitar suas lendas e tradições em alguma obra literária. Já em São Paulo tinha começado uma biografia do Camarão. Sua mocidade, a heroica amizade que o ligava a Soares Moreno, a bravura e lealdade de Jacaúna, aliado dos portugueses, e suas guerras contra o célebre Mel Redondo; aí estava o tema. Faltava-lhe o perfume que derrama sobre as paixões do homem a alma da mulher.

Sabe você agora o outro motivo que eu tinha de lhe endereçar o livro; precisava dizer todas estas cousas, contar o como e por que escrevi *Iracema*. E com quem melhor conversaria sobre isso do que com uma testemunha de meu trabalho, a única, das poucas, que respira agora as auras cearenses?

Este livro é pois um ensaio ou antes mostra. Verá realizadas nele minhas ideias a respeito da literatura nacional; e achará aí poesia inteiramente brasileira, haurida na língua dos selvagens. A etimologia dos nomes das diversas localidades, e certos modos de dizer tirados da composição das palavras, são de cunho original.

Compreende você que não podia eu derramar em abundâncias essas riquezas no livrinho agora publicado, porque elas ficariam desfloradas na obra de maior vulto, a qual só teria a novidade da fábula. Entretanto há aí de sobra para dar matéria à crítica e servir de base ao juízo dos entendidos.

Se o público ledor gostar dessa forma literária que me parece ter algum atrativo, então se fará um esforço para levar ao cabo o começado poema, embora o verso tenha perdido muito de seu primitivo encanto. Se porém o livro for acoimado de cediço, e *Iracema* encontrar a usual indiferença que vai acolhendo o bom e o mau com a mesma complacência, quando não é silêncio desdenhoso e ingrato; nesse caso o autor se desenganará de mais este gênero de literatura, como já se desenganou do teatro, e os versos, como as comédias, passarão para a gaveta dos papéis velhos, relíquias autobiográficas.

Depois de concluído o livro e quando o reli já apurado na estampa, conheci que me tinham escapado senões que se devem corrigir; noto algum excesso de comparações, repetição de certas imagens, desalinho no estilo dos últimos capítulos. Também me parece que devia conservar aos nomes das localidades sua atual versão, embora corrompida.

Se a obra tiver segunda edição será escoimada destes e outros defeitos, que lhe descubram os entendidos.

Agosto, 1865
J. DE ALENCAR

Pós-escrito

(À SEGUNDA EDIÇÃO)

I

Sai esta edição escoimada de alguns defeitos que na primeira abundaram; porém, a respeito de erros de imprensa, sem dúvida mais incorreta.

Nossas tipografias em geral não têm bons revisores; e o autor é o mais impróprio para esse árduo mister.

Inteiramente preocupado da ideia ou do estilo, pouca atenção lhe sobra para dar à parte ortográfica do livro. Além de que muitas vezes o pensamento, profundamente gravado na memória, não deixa perceber no papel as infidelidades de sua reprodução.

A incerteza que reina sobre a ortografia da língua portuguesa, achaque herdado do latim, ainda mais concorre para a incorreção dos livros. Sucede muitas vezes que o autor, para não multiplicar emendas nas provas, aceita um sistema adotado pelo compositor, que, entretanto, logo depois o altera e substitui por outro.

Facilmente escapam essas anomalias, sobretudo ao escritor, que não faz das letras uma profissão, porém mero passatempo. Chegam-lhe as provas tardias, muitas vezes no meio de outras e graves preocupações, que absorvem seu espírito. Apenas tem ele tempo de lançar-lhe um olhar distraído.

Nesta segunda edição há de o leitor encontrar exemplos de todas as faltas a que me refiro, sem contar o número não pequeno das que devem correr exclusivamente por conta da inadvertência do compositor.

1º — A sílaba *-ão*, quando breve, costumam alguns escrever sem o til, *-am*, sistema este que me parece muito conveniente por sua clareza e afinidade etimológica. Entretanto, nesta edição aparecem os dois modos simultaneamente. Culpa do autor, sem dúvida; mas principalmente do revisor, que devia conservar a uniformidade da ortografia primeiro adotada.

A propósito desta regra ortográfica, convém fazer uma observação com respeito ao que diz o sr. Sotero dos Reis em sua *Gramática portuguesa*: "Muitos escritores modernos, a maior parte sem dúvida, escrevem *amáram, amarám*, ao passo que escrevem ao mesmo tempo *quinhão, questão, oração, frangão, golfão* etc.; mas não vejo fundamento plausível para esta alteração quando a natureza do ditongo é a mesma, quer nos nomes, quer nos verbos. Uma tal novidade só serve para dificultar a pronúncia do português aos estrangeiros, visto como a terminação *am* não representa efetivamente o ditongo *ão*, peculiar à língua e corrução de *on*".

A crítica é justa a respeito da arbitrária distinção entre verbo e nome, embora não me pareça tão vulgarizado como pretende o autor esse uso de escrever os futuros dos verbos com *am*; creio que isto se observa antes nos antigos clássicos do que nos bons autores modernos, onde não me lembro, talvez por inadvertência, de ter visto *ham, seram, daram*, por *hão, serão, darão*, a não ser na obra do sr. Leoni, *Gênio da língua portuguesa*.

O critério para a distinção na forma de escrever o ditongo nasal deve ser a quantidade da sílaba e não a natureza da palavra. Embora seja o som o mesmo, a maior ou menor prolação da voz o modifica sensivelmente, tornando o nasal áspero ou brando, como se vê em *facção* e *façam, vazão* e *vazam*.

A forma *am* presta-se melhor a exprimir o som nasal brando, além de conformar-se até certo ponto com a etimologia. As palavras de origem latina derivam aquela terminação das desinências *unt, ant* e outras, como *amaverunt, amaverant* e *orphanus*. Entretanto que a terminação longa *ão* provém do nasal *on* contração de *onis*, que geralmente predominava nessa desinência latina como *rationis, sermonis, orationis* etc.

Finalmente, o ditongo, pela regra de nossa gramática, é longo; portanto, sempre que o nasal for breve, cumpre tirar-lhe o caráter de ditongo para evitar a anomalia e restituir-lhe o caráter de sílaba, elidindo a vogal e substituindo o til pela consoante.

2º — A preposição *a* entendem os gramáticos que só pede acento quando absorve o artigo definido do gênero feminino; porque neste caso substitui *aa*, como escreviam nossos clássicos à imitação dos primitivos autores latinos, que usavam dobrar a vogal para indicar a maior quantidade da sílaba.

Não me conformo com aquela regra, que tenho por avessa à índole de nossa língua, e muito inconveniente pelas repetidas ambiguidades a que dá lugar, confundindo duas partículas tão distintas pelo sentido e pela pronúncia, como são o artigo e a preposição.

Na língua portuguesa, como na latina, os sinais (–) e (⌣), que exprimem a quantidade das sílabas, não passam de meios didáticos, adotados apenas nas escolas e sem emprego na escritura usual.

Os sinais de prosódia admitidos no português, bem como nos outros dialetos derivados do romano ou latim bárbaro, são, além do trema, do apóstrofo e do nosso til, os três acentos grave (à), agudo (á) e circunflexo (â), que indicam as variações do som de cada vogal.

Destes caiu em completo desuso o grave, que é indicado em português pela ausência de qualquer acento; e com muito bom fundamento, pois o som médio e natural da letra fica melhor expresso pelo caráter alfabético, nu e simples, do que por um sinal.

Os dous outros acentos agudo e circunflexo ainda estão em uso, não como regra, mas apenas como exceção, para discriminar pela variação do som a diversa natureza e significação de palavras idênticas na forma alfabética. Assim distingue-se de primeira vista *e* de *é, se* de *sé* ou de *sê, fora* de *fôra, para* de *pára, comêço* de *coméço.*

Prestam os dois sinais referidos na língua portuguesa outro serviço: o de marcarem a sílaba predominante, a que os gramáticos chamam acento tônico.

A prosódia das línguas modernas diverge da prosódia dos gregos e romanos a respeito da quantidade das sílabas, como justamente observaram o sábio professor, o dr. Madvig, em sua *Gramática latina*, e o erudito filólogo brasileiro, o sr. Sotero dos Reis, em sua *Gramática portuguesa.* A pronúncia daqueles povos antigos feria tão claramente e com tanta amplidão as vogais, que percebia-se perfeitamente pela maior ou menor pausa a quantidade da sílaba.

Nas línguas modernas, ao contrário, a voz percorre mui rapidamente os diversos membros da palavra, pelo que apenas se destaca de uma maneira saliente a sílaba que serve de ponto de apoio à voz e onde ela repousa. As outras, sejam embora longas, ficam absorvidas naquela quantidade maior.

Para designar essa prolação, não inventaram os gramáticos ainda um sinal próprio; recorreram aos antigos acentos latinos. Mas também neste mister não se pode considerar o emprego destes sinais como regra geral, pois só há necessidade deles para o mesmo fim de evitar as ambiguidades entre palavras uniformes.

Quando a prolação recai sobre uma vogal aberta, usa-se do acento agudo; e quando recai sobre uma vogal fechada, usa-se do acento circunflexo. Assim escreve-se *cúmulo, estímulo, anúncio, férvido,* e *amára* para distinguir de *cumulo, estimulo, anuncio, fervido,* e *amará.* Mas não há necessidade de acento nas outras palavras, sejam elas graves, como *verdade, chama*, ou esdrúxulas, como *halito, profugo* e *sofrego.*

Nas palavras agudas que terminam em *a, e, o*, como elas aberram da índole da língua, serve o sinal de característico especial do vocábulo. Assim é uso escrever *cajú, alvará, guará, mercê, libré, galé, enxó, bilhó, mocó.*

Estabelecidos estes princípios, que sem contestação formam o espírito de nossa língua em matéria de acentuação, não resta a menor dúvida sobre a exatidão do meu asserto que a regra dos gramáticos relativa ao modo de escrever a preposição *à* carece de bom fundamento.

O sinal ortográfico tem neste caso a virtude de evitar a ambiguidade, a principal das duas razões do emprego do acento na língua portuguesa. É a mesma razão que predomina em outros monossílabos, como *é, ó, dá, sé* etc.

Não obsta o fato de muitas vezes ser impossível a ambiguidade, por se tornar clara a natureza do vocábulo em virtude de sua colocação no discurso, como sucede nestas frases: *a medo, a jorro, veio a correr*, etc. Aqui, sem dúvida, a preposição revela-se com a maior clareza, independente do acento; porém o mesmo sucede com os verbos *é* e *dá*, o vocativo *ó* e outros monossílabos, como *só, sé, vê* etc. Nas frases O *que e? — Ele da esmola. Correi, o minhas lágrimas! Tocava o sino da Se* —, para conhecer a natureza dos monossílabos homógrafos não se há mister do acento, e entretanto não se dispensa em tais casos.

Parece-me óbvio e lógico o motivo. Não só a regularidade da ortografia o requer assim, como releva notar que o fim da escritura é reproduzir o pensamento com a maior brevidade possível. Ora, por mais inteligente e erudito que seja o leitor, não pode ele do primeiro lanço conhecer a natureza especial da palavra homógrafa. Eis um exemplo: *A tarde, derramando o seu doce hálito perfumado pelo vale sombrio e melancólico, a brisa do mar enredava-se pelos bosques de laranjeiras em flor.*

A falta do acento na preposição *a* deixa o espírito na dúvida do sentido do primeiro trecho da oração. Pode o leitor julgar que *a* é artigo, e *tarde* o sujeito da oração. Prestando-se a ação subordinada à regência daquele sujeito, a ilusão prolonga-se até que se destaca o sujeito real que é *a brisa*. Produzir-se-á necessariamente uma vacilação no espírito, que terá de retroceder para bem apreender o sentido exato da oração. Se nas pessoas esclarecidas essa operação intelectual se opera com extrema rapidez, fatiga não obstante. Quanto ao indivíduo de compreensão medíocre, pode-se bem imaginar o efeito que sobre ele exercerão semelhantes anfibologias. Ora, não formam os filólogos e gramáticos a classe mais numerosa dos leitores, para que a eles se sacrifique a clareza do discurso, por mero capricho de pedagogia.

É portanto minha regra acentuar a preposição *à* sempre que ela entra no discurso isolada de qualquer outra partícula; seja embora seguida de nome masculino, de verbo ou pronome pessoal. Só quando essa preposição adere a outra palavra, como por exemplo — *ao*, torna-se inútil o sinal ortográfico.

Nos dialetos, derivados como o português da língua romana, conservou-se na preposição *a* o acento que tinha em latim, embora com alguma modificação. Os franceses usam do acento grave, que tem valor do agudo entre nós, e dizem — *aller à Bordeaux*, *à l'avenir* etc. Da mesma forma os italianos; seus melhores clássicos escreviam: *propinqui à Bolsena, à frenar Giacopo, à trattare, à gli apparati*. Modernamente parece que o acento vai caindo em desuso, pela razão muito natural de não haver outra partícula homógrafa, com que se confunda a preposição. Os espanhóis, entretanto, apesar de estarem nestas condições, não dispensam em caso algum o acento agudo e escrevem — *á manos llenas*, *vamos á pasear* etc.

Qual, pois, o princípio por que o português há de fazer exceção à regra geral predominante na língua mãe e nas línguas irmãs? Será pelo terror pânico do *galicismo*, que se apodera de certos gramáticos a ponto de lobrigarem francesia até nos arcaísmos trazidos da mais pura latinidade? Não sei realmente o que é mais nocivo à nossa língua, se a prodigalidade daqueles que emprestam sem medida e sem critério quanta palavra de origem estranha aprendem nas calçadas e botequins; se a tacanha avareza dos outros, que defendem o seu português quinhentista, aliás a adolescência, como um jardim das Hespérides onde não pode penetrar um termo ou frase profana.

Se o emprego constante do acento na preposição *à* conforma-se com a índole da língua, por outro lado a regra arbitrária estabelecida pelos gramáticos, além de uma aberração, não tem motivo sério que a justifique.

Qual a serventia do acento no caso de absorver a preposição o artigo feminino? Será para evitar a ambiguidade? Mas então devia a razão prevalecer para o outro caso de achar-se a preposição isolada. Será para indicar a contração do artigo? Mais acertado era então usar do apóstrofo que é o sinal próprio desse acidente gramatical. Os autores italianos escrevem em caso idêntico — *a' fiorentini, a' nobili*, para acusar a elisão do artigo *i*.

Não obstante a regra por mim adotada de acentuar a preposição *a*, aparece ela no texto da obra escrita por uma e outra forma.

3º — O ditongo *eo* e *eu* é indistintamente usado na desinência de muitas palavras portuguesas; me parece preferível, como já se tem sugerido, reservar a forma *eo* para a desinência aberta, como *chapeo, boleo, arpeo*, e a forma *eu* para a desinência fechada, como *meu, perdeu, deus, ateu* etc.

Em relação aos sufixos *io* e *iu*, pode-se, igualmente, estabelecer um discrímen, adotando o primeiro para enunciar o ditongo imperfeito que a rigor constitui duas sílabas, como se encontra em *rio, frio, alvedrio*, e deixando o segundo para discernir o verdadeiro ditongo, que termina — *riu, feriu.*

4º — Escrevo a conjunção *si* por essa forma, e não *se*, como em geral costumam. Não só a etimologia pede aquela ortografia latina, como tem ela a vantagem de discriminar a conjunção do pronome pessoal *se*. Nem importa que este pronome revista aquela forma em um de seus casos, pois então é sempre regido pela preposição, que determina a natureza da partícula; — como *a si*, *de si*, *por si* etc.

São estas as observações principais que de momento me ocorrem a respeito da ortografia do livro. Servirão para não me lançarem à conta, como já tem sucedido, as incorreções tipográficas, tão copiosas infelizmente em minhas obras. Podem elas depor contra a aptidão do autor para a revisão, do que está ele plenamente convicto, mas devem ser desculpadas ao escritor, que é o primeiro a censurá-las.

II

Minhas opiniões em matéria de gramática têm-me valido a reputação de inovador, quando não é a pecha de escritor incorreto e descuidado.

Entretanto, poucos darão mais, se não tanta importância à forma do que eu; pois entendo que o estilo é também uma arte plástica, porventura muito superior a qualquer das outras destinadas à revelação do belo. Como se explica, portanto, essa contradição?

Pretendo tratar largamente desse assunto em uma pequena obra que tenho entre mãos, e na qual me propus a fazer um estudo sobre a índole da língua portuguesa, seu desenvolvimento e futuro, considerando especialmente a tão cansada questão do estilo clássico.

Sou obrigado, porém, a antecipar algumas reflexões como resposta ao artigo que em seus *Novos ensaios críticos* escreveu sobre *Iracema* um distinto literato português, o sr. Pinheiro Chagas.

Vale a pena ser advertido por crítico tão ilustrado, quando a censura, como a sombra que destaca no quadro o vivo e fino colorido, não passa de um relevo imerecido a elogios dispensados com excessiva generosidade. A questão vai, portanto, estreme de qualquer assomo da vaidade, que estaria por demais satisfeita com as finezas recebidas.

Eis as palavras do artigo a que me refiro:

"Não, esse não é o defeito que me parece dever notar-se na *Iracema*; o defeito que eu vejo em todos os livros brasileiros e contra o qual não cessarei de bradar intrepidamente é a falta de correção na linguagem portuguesa, ou antes a mania de tornar o brasileiro uma língua diferente do velho português por meio de neologismos arrojados e injustificáveis e de insubordinações gramaticais, que (tenham cautela) chegarão a ser risíveis se quiserem tomar as proporções de uma insurreição em regra contra a tirania de Lobato."

Continua o escritor no desenvolvimento destas ideias pela maneira por que melhor se pode ver em sua obra, escusando de reproduzir todo o texto para não alongar-me.

Na opinião do sr. Pinheiro Chagas, a gramática é um padrão inalterável, a que o escritor se há de submeter rigorosamente. Só o povo tem a força de transformar uma língua, modificar sua índole, criar novas formas de dizer. Apoiado na opinião de Max Müller, o ilustrado crítico sustenta que a filologia é uma ciência natural ou física, regida por leis invariáveis como a rotação dos astros.

Singular doutrina que ninguém se animou a produzir, nem mesmo a respeito das artes liberais, manifestações menos inteligentes do pensamento. A música, a pintura e a escultura, que falam exclusivamente aos sentidos por sua natureza material, sofrem não obstante a impulsão do espírito. Beethoven ou Rossini, Fídias ou Rafael, Praxíteles ou Michelangelo, qualquer dessas grandes individualidades, sem falar de tantas outras, teve o poder de criar uma escola, de abrir novos horizontes à sua arte, de revelar formas antes desconhecidas.

A linguagem, porém, a única das artes que fala ao espírito, é um marco imutável, sobre o qual nenhuma ação têm os escritores, esses obreiros da palavra, que a nova teoria reduz à condição dos mecânicos, mais ou menos destros no manejo de um instrumento bruto!

Suponho eu que há grande equivocação na interpretação dada à teoria de Max Müller. O corpo de uma língua, a sua substância material, que se compõe de sons e vozes peculiares, esta só a pode modificar a soberania do povo, que nestes assuntos legisla diretamente pelo uso. Entretanto, mesmo nesta parte física é infalível a influência dos bons escritores: eles talham e pulem o grosseiro dialeto do vulgo, como o escultor cinzela o rudo troço de mármore e dele extrai o fino lavor.

Mas além dessa parte fonética da língua, que forma seu corpo, há a parte lógica, o seu espírito, ou, para usar da terminologia da ciência, a gramática. Essa não é, como se pretende, mera rotina ou usança confiada à ignorância do vulgo, que somente a pode alterar. Aqui está o ponto falso da teoria invocada.

A gramática, ou a filosofia da palavra, é incontestavelmente uma ciência. Como todas as ciências, ela deve ter em cada raça e em cada povo um período rudimentário; ainda mesmo depois de largo desenvolvimento, existirá algum ramo de conhecimentos humanos que não esteja imbuído de falsas noções e até de erros crassos?

O mesmo sucede com a gramática: saída da infância do povo, rude e incoerente, são os escritores que a vão corrigindo e limando. Cotejem-se as regras atuais das línguas modernas com as regras que predominavam no período da formação dessas línguas, e se conhecerá a transformação por que passaram todas sob a ação dos poetas e prosadores.

O ilustrado crítico, levado pela força da verdade, reconhece "que os sábios enriquecem um idioma". Ora, como enriquecê-lo senão aumentando-lhe o cabedal, dotando-o de outros vocábulos mais expressivos e de locuções elegantes e sonoras?

Não me alongarei muito sobre a síntese da questão, porque receio me falte espaço para descer à análise.

Acusa-nos o sr. Pinheiro Chagas a nós escritores brasileiros do crime de insurreição contra a gramática de nossa língua comum. Em sua opinião estamos possuídos da mania de tornar o *brasileiro* uma língua diferente do velho português!

Que a tendência, não para a formação de uma nova língua, mas para a transformação profunda do idioma de Portugal, existe no Brasil, é fato incontestável. Mas, em vez de atribuir-nos a nós escritores essa revolução filológica, devia o sr. Pinheiro Chagas, para ser coerente com sua teoria, buscar o germe dela e seu fomento no espírito popular, no falar do povo, esse "ignorante sublime", como lhe chamou.

A revolução é irresistível e fatal, como a que transformou o persa em grego e céltico, o etrusco em latim, e o romano em francês, italiano etc.; há de ser larga e profunda, como a imensidade dos mares que separa os dous mundos a que pertencemos.

Quando povos de uma raça habitam a mesma região, a independência política só por si forma sua individualidade. Mas se esses povos vivem em continentes distintos, sob climas diferentes, não se rompem unicamente os vínculos políticos, opera-se, também, a separação nas ideias, nos sentimentos, nos costumes, e, portanto, na língua, que é a expressão desses fatos morais e sociais.

Não fazemos senão repetir o que disse e provou um sábio filólogo, N. Webster: "Logo depois que duas raças de homens de estirpe comum separam-se e se colocam em regiões distantes, a linguagem de cada uma começa a divergir por vários modos". — Dic. ingl. *Introdução sobre a origem das línguas.*

Creio que o sr. Pinheiro Chagas se engana completamente quando pretende que o inglês e o espanhol da América é o mesmo inglês e espanhol da Europa. Não só na pronúncia, como no mecanismo da língua, já se nota diferença, que de futuro se tornará mais saliente.

E como podia ser de outra forma, quando o americano se acha no seio de uma natureza virgem e opulenta, sujeito a impressões novas ainda não traduzidas em outra língua, em face de magnificências para as quais não há ainda verbo humano?

Cumpre não esquecer que o filho do Novo Mundo recebe as tradições das raças indígenas e vive ao contato de quase todas as raças civilizadas que aportam a suas plagas trazidas pela emigração.

Em Portugal o estrangeiro, perdido no meio de uma população condensada, pouca influência exerce sobre os costumes do povo: no Brasil, ao contrário, o estrangeiro é um veículo de novas ideias e um elemento da civilização nacional.

Os operários da transformação de nossas línguas são esses representantes de tantas raças, desde a saxônia até a africana, que fazem neste solo exuberante amálgama do sangue, das tradições e das línguas.

Não admira que um literato português note em livros brasileiros certa dissonância com o velho idioma quinhentista. Essa mesma dissonância achamos nós escritores brasileiros nas páginas do *Calabar* e dos *Bandeirantes*, em que o ilustre poeta, o sr. Mendes Leal, procurou descrever as cenas e tradições americanas. O velho estilo clássico destoa no meio destas florestas seculares, destas catadupas formidáveis, destes prodígios de uma natureza virgem, que não podem sentir nem descrever as musas gentis do Tejo ou do Mondego.

Os livros do sr. Mendes Leal não passam para nós de traduções esmeradas de Cooper, com substituição de nomes geográficos. Seus personagens nada têm de brasileiros, que faltam-lhes não só os costumes, como esses idiotismos indígenas, que o sr. Pinheiro Chagas chama de incorreções, negando-nos assim o direito de criar uma individualidade nossa, uma individualidade jovem e robusta, muito distinta da velha e gloriosa individualidade portuguesa.

Se a transformação por que o português está passando no Brasil importa uma decadência, como pretende o sr. Pinheiro Chagas, ou se importa, como eu penso, uma elaboração para a sua florescência, questão é que o futuro decidirá e que eu me proponho tratar largamente na obra a que já aludi. Sempre direi que seria uma aberração de todas as leis morais que a pujante civilização brasileira, com todos os elementos de força e grandeza, não aperfeiçoasse o instrumento das ideias, a língua.

Todos os povos de gênio musical possuem uma língua sonora e abundante. O Brasil está nestas condições; a influência nacional já se faz sentir na pronúncia muito mais suave do nosso dialeto.

Aproveitarei o ensejo para defender-me de alguns neologismos, termos e locuções, pelos quais tenho sido censurado; a eles, sem dúvida, se referiu o sr. Pinheiro Chagas, quando me qualificou de inovador, embora não me compreendesse entre os mais audazes.

Nesta, como em todas as minhas obras recentes, se deve notar certa parcimônia no emprego do artigo definido, que eu só uso quando rigorosamente exigido pela clareza ou elegância do discurso. Isto que nada mais é do que uma reação contra o abuso dos escritores portugueses, que empregam aquela partícula sem tom nem som, me tem valido censuras de incorreto.

Há quem tache essa sobriedade no uso do artigo definido de *galicismo*, não se lembrando que o latim, donde provém nossa língua, não tinha aquela partícula, e, portanto, a omissão dela no estilo é antes um latinismo. Mas a mania do classismo, que outro nome não lhe cabe, repele a mínima afinidade entre duas línguas irmãs, saídas da mesma origem. Temos nós a culpa do ódio que semearam em Portugal os exércitos de Napoleão?

O mais interessante, porém, é a maneira de argumentar dos puristas. Às vezes, quando se trata de uma nova palavra ou locução, repelem-na pela razão peremptória de não se encontrar nos clássicos. Outras vezes, intrometem-se a criticar dos clássicos, determinando o que se deve imitar e o que evitar. Manifesta contradição: ou prevalece a respeito do estilo a razão de autoridade, e neste caso eles são os mestres, respeitai-os, ou prevalece a autoridade da razão, e nesse caso a questão é de opinião: à vossa contraponho a minha.

Os nossos melhores clássicos com muita elegância omitiram o artigo definido sempre que o pronome possessivo o tornava escusado; assim diziam eles *meu filho*, *minha pátria*, *sua alma*; e não *o meu filho* etc. Com que se hão de sair os puristas? Que o uso cheira a *francesismo* e deve-se evitar.

O que se deve e com muito cuidado evitar é a incorreção gramatical, o pleonasmo contínuo que há no emprego do artigo, por uma espécie de abuso ou lapso de língua. Dá-se neste caso o mesmo que em grande número de verbos a que o vulgo juntou a letra *a* pela facilidade de sua pronúncia, como *alevantar, amontoar, acostumar* etc. Da mesma forma escapa o artigo, que entretanto afeia e desalinha o discurso.

O uso do artigo, mesmo antes do pronome possessivo, pode tornar-se elegante e expressivo, servindo para indicar um objeto ao qual se faz uma alusão remota. Assim quando dizemos *o nosso viajante*, isto é, o viajante de quem falamos. Também em muitos casos a eufonia exige a interposição dessa partícula supérflua para suavizar um som áspero, ou desvanecer uma cacofonia.

Outro artigo do libelo. A omissão do pronome *se* nos verbos reflexivos, como *recolher, enroscar, destacar* etc.

Antes de tudo, cumpre-me dizer que *recolher* na significação neutra por mim empregada encontra-se nos bons clássicos e especialmente em J. de Barros — *Clarimundo*.

Em minha opinião, a principal condição do estilo é sua concisão e simplicidade: o que não exclui, antes realça-lhe a graça ou elegância, a grandeza ou majestade. O grande número de monossílabos derramados pelo discurso ecoando com uma mesma consonância, em meu conceito torna o estilo frouxo e monótono. Escrevendo, muitas vezes senti a importunação desse reflexivo *se*, que zune em torno da frase como uma vespa teimosa.

Procurei o remédio na gramática e o achei. A forma neutra do verbo não é outra cousa senão o retraimento da ação que ele exprime, a qual não passa do sujeito: razão por que dão os gramáticos a esses verbos o nome de intransitivos, com que os diferençam dos ativos. Destes verbos há uns que são de sua essência neutros, outros se tornam tais por uma elipse muito elegante quando usada a propósito.

Os primeiros, originalmente neutros, têm por atributo o substantivo implícito no próprio verbo, como *viver, dormir, sair.*

Algumas vezes ativando-os se diz com propriedade *viver longa vida, correr seu curso.* Os segundos, verbos figuradamente neutros, têm um atributo distinto, embora vago, incerto e oculto. Por exemplo: *eu amo, tu bebes, ele quebra*; o atributo *alguém* ou *alguma cousa* está subentendido.

Certos verbos desta última classe, cuja significação revela uma relação íntima do atributo oculto com o sujeito, tornam-se naturalmente reflexivos. Assim sucedia no latim, como atesta Madvig na cit. *Gramática*, nota 4 ao

§222: "Certos verbos despojam em alguns casos a significação transitiva e se empregam na ativa com a significação reflexa, por ex.: *duro*, eu me endureço; *inclino*, eu me inclino; *insinuo*, eu me insinuo; *muto*, eu me transformo; *remito*, eu me relaxo; *verto*, eu me volto".

Será isto acaso um neologismo, ou, ao contrário um arcaísmo? E como arcaísmo, correrá ele unicamente por conta do autor de *Iracema*, e não haverá exemplo de semelhante elipse no português clássico?

Vejamos. Qual a forma do verbo tão usado em proposições como estas — *partiu do Ceará, partimos para o campo*? Não é outra senão a forma elíptica da significação reflexa. Partir, em sua forma primitiva, significa dividir uma cousa em partes; para exprimir a ausência diziam a princípio os clássicos — *parti-me de*; posteriormente eliminaram o pronome por escusado; o mesmo aconteceu com *passar, recolher, alimpar, parar, endurecer, mudar, remitir, conformar, confiar* etc.

Será esta imitação dos clássicos, esta simplicidade latina da frase, que o sr. Pinheiro Chagas e outros censores meus chamam corrução do velho português? Não pode haver linguagem de bom cunho sem a repetição monótona dessas partículas reflexivas, que sibilam no fim de cada verbo?

É também matéria de escândalo a colocação dos pronomes pessoais que servem de complemento ao verbo, *me, te, lhe* e *se*. Entendem que nós os brasileiros afrancesamos o discurso, fazendo em geral preceder o pronome, quando em português de bom cunho a regra é pospor o pronome.

Tal regra não passa de arbítrio que sem fundamento algum se arrogam certos gramáticos. Pelo mecanismo primitivo da língua, como pela melhor lição dos bons escritores, a regra a respeito da colocação do pronome e de todas as partes da oração é a clareza e elegância, eufonia e fidelidade na reprodução do pensamento.

Em latim coloca-se ao gosto do escritor e segundo

aquela regra. Eis o que a respeito diz mui judiciosamente o sr. Leoni em sua erudita obra *Gênio da língua portuguesa*: "As variações dos pronomes *eu, tu* e *ele* admitem uma colocação que debalde pretenderá imitar a língua francesa, sendo tal colocação quase a mesma da língua de Cícero. Assim podemos dizer com os latinos — *juvat me*, ou *me juvat*; *te rogo* ou *rogo te*".

Nos clássicos achamos exemplos dessas variedades:

Na *Crônica do condestável* lê-se *nos arrasta* e logo depois *morriam-nos, se obrigam* e *acendeu-se* etc. Em Garcia de Resende *se reunir*, e *achando-se*. Em Vieira *se prezava* e *resolve-se* etc. Em Barros, *Clarim.*, 3º, 258, *me ofereço, se aventurar, lhe dizer, ir-me* etc. Lucena, II, p. 18, *se façam, dão-se* etc.

Há casos em que a eufonia pede a anteposição do pronome, como *se recolhem só* para evitar o sibilo desagradável de *se só*. Outras vezes não é a cacofonia, mas o acento tônico que determina a colocação da partícula, conforme o ritmo da frase exige o repouso antes ou depois. Nesta frase, por exemplo: *Tu não me sabes querer*, o pronome não só antepõe-se ao infinito de que é complemento como ao indicativo: o rigor da ordem gramatical exigiria *tu não sabes querer-me*; mas a frase não seria tão cadente e expressiva.

Falta-me tratar de algumas palavras que os puristas repelem, por terem a mácula de francesismo.

Antes de tudo uma observação. Desde que uma palavra for introduzida na língua por iniciativa de um escritor ou pelo uso geral, entendo eu que torna-se nacional como qualquer outra e sujeita-se a todas as modalidades do idioma que a adotou; portanto, pode ela, como qualquer vocábulo originário, ser empregada nos vários sentidos figurados a que se preste com propriedade e elegância.

Regra tão simples e natural não devia sofrer contestação; entretanto, é um dos maus vezos do classismo esse de excluir de um vocábulo de origem estrangeira adotado no português todas as acepções que não foram especialmente empregadas pelos clássicos, mutilando assim a significação da palavra. Admira que um escritor da capacidade de fr. Francisco de S. Luís sustente semelhante doutrina, de todo o ponto arbitrária. Em sua opinião não devíamos dizer por exemplo *contar com alguém, contar com a amizade*, porque são acepções francesas, embora o verbo esteja admitido no sentido próprio. Da mesma forma *avançar* no sentido de aventurar, *calcular* por gizar, *chocar* por impressionar, *comprometer* em vez de pôr em risco, *confinar-se* por isolar-se, *descoberta* por descobrimento, *desolado* por magoado.

Parece que esta regra só pode ser aceita em dois casos: 1º) quando a nova acepção é um idiotismo da língua estrangeira e se afasta do sentido usual da palavra, como *tratamento do emprego* por estipêndio; 2º) quando a palavra só foi adotada em uma acepção peculiar, como verdadeiro idiotismo; exemplo: *endossar a letra*. Seria com efeito inadmissível ampliar o uso do vocábulo e aplicá-lo em outro sentido, como *endossar a casaca*, da frase francesa *endosser l'habit*.

Se, porém, a palavra foi adotada em sua significação genérica e a nova acepção decorre naturalmente do sentido original e conforme com a índole da língua, não há razão para repeti-la. Por que não se dirá em português *comprometer seu crédito*, se esse verbo foi adotado em nossa língua com o sentido lato de contrair obrigação e responsabilidade?

No texto de *Iracema* se encontram algumas palavras que naturalmente incorrerão nessa censura; recordo-me de *brusco* e *flanco*.

Brusco, diz fr. Francisco de S. Luís que em português exprime *escuro, anuviado*, e não *desabrido* ou *áspero*. Me parece, com o respeito devido a tão grande autoridade, que houve engano nessa asserção. A primitiva significação de brusco é *áspero*, coberto de puas; daí proveio naturalmente a outra acepção de escuro, turvo. Disseram *tempo brusco*, da mesma forma que diziam *tempo ríspido, desabrido*; posteriormente por uma operação muito natural no desenvolvimento das línguas transportaram essa ideia associada para uma nova acepção figurada e disseram *semblante brusco*, isto é, semblante que tem o aspecto do tempo brusco.

Quanto à palavra *flanco*, usei dela para designar a ilharga, porque em minha opinião não temos vocábulo que exprima a ideia com tanta propriedade e energia. *Ilharga* é muito restrito, refere-se ao quadril; *lado* é muito genérico, aplica-se a toda a face oblíqua de qualquer objeto. O flanco é o lado do homem, ou do animal; nesta acepção foi adotado do alemão *flanke* pelo italiano, espanhol e francês. Tratando-se de guerreiros, essa palavra ainda mais adequada me pareceu pelo seu uso na arte da estratégia.

Abandonar, que muitos consideram galicismo, nem é como tal apontado por fr. Francisco de S. Luís, nem provém de origem francesa. Deriva-se do latim bárbaro *bannum* exílio, donde formou-se *a banno-donare*, que deu origem ao verbo italiano *abbandonare*.

Emoção pretende o autor do glossário que é galicismo escusado, porque temos *comoção*. Mas entendo eu que não se pode chamar galicismo uma palavra de boa origem latina; além de que, há diferença no sentido. *Comoção* é o abalo íntimo; *emoção* é o abalo que se manifesta; a primeira é produzida por causa externa; a segunda parece antes uma expansão, que se desenvolve espontaneamente. Porque a antiga literatura francesa mais adiantada e polida do que foi a portuguesa pediu ao latim esse termo, estamos nós escritores brasileiros inibidos de beber nas origens de nosso idioma um vocábulo eufônico, elegante e necessário para indicar uma ideia que não traduzem *comoção, turbação, agitação, alteração* ou *abalo*?

Se o terror pânico do galicismo vai até este ponto, devemos começar renegando a origem latina, por ser comum ao francês e ao português.

Defendi as inovações que me ocorreram de momento; outras porventura terão escapado, de que me ocuparei quando a crítica as apontar, como deve. Nada há mais fácil do que censurar a esmo, declarando peremptoriamente que um livro está cheio de incorreções. Invertem-se os papéis; o ônus da prova e da análise recai sobre o autor arguido que deseja arredar de si a pecha.

III

Publicou ultimamente em Portugal um distinto literato maranhense, o dr. Henriques Leal, alguns artigos sobre a literatura brasileira.

Um escritor português, ou para estimular a curiosidade com um paradoxo literário, ou para disfarçar o desgosto de ver a jovem nacionalidade brasileira destacar-se de mais em mais do velho tipo lusitano, contestou que os portugueses da América possuíssem uma literatura peculiar ou elementos para formá-la. Foi para refutação de tão infundado asserto que saíram a lume os aludidos artigos.

Entre as cousas mui amáveis e lisonjeiras que o amor da pátria, mais do que o mérito do escritor, inspirou ao dr. Henriques Leal sobre minhas obras, reproduz-se a cansada censura do *estilo frouxo e desleixado*, especialmente a propósito do *Guarani*.

No conceito do distinto literato, os nervos do estilo são as partículas, especialmente as conjunções, que teciam a frase dos autores clássicos, e serviam de elos à longa série de orações amontoadas em um só período.

Para meu gosto, porém, em vez de robustecer o estilo e dar-lhe vigor, essa acumulação de orações ligadas entre si por conjunções relaxa a frase, tornando o pensamento difuso e lânguido.

As transições constantes, a repetição próxima das partículas que servem de atilhos, o torneio regular das orações a sucederem-se umas às outras pela mesma forma, imprimem em geral ao chamado estilo clássico certo caráter pesado, monótono, e prolixo, que tem sua beleza histórica, sem dúvida, mas está bem longe de prestar-se ao perfeito colorido da ideia. Há energias do pensamento e cintilações do espírito, que é impossível exprimir com semelhante estilo.

Atenda-se a este trecho de um dos melhores prosadores portugueses, fr. Luís de Sousa: "Era uma árvore de tão desmesurada grandeza, *que* dentro no tronco, *que* da muita antiguidade tinha aberto *e* oco se armou uma mesa, *e* o arcebispo se assentou a ela em uma cadeira, *e* por memória no mesmo sítio *e* assento visitou a freguesia, *e* tinha também lugar dentro a testemunha *que* vinha dizer seu dito".

Aí estão oito orações, ligadas por dois relativos e seis copulativas, sem nenhuma elegância e com pouco respeito à gramática. O emprego de copulativa para unir ideias distintas e orações completas é um abuso, e somente serve de obscurecer o sentido da frase. Em meu conceito esse período ficaria muito mais conciso, terso e elegante se o autor o escrevesse com maior simplicidade:

"Era uma árvore de tão desmesurada grandeza, que dentro no tronco da muita antiguidade aberto e oco, armou-se uma mesa; a ela assentou-se o arcebispo em uma cadeira, onde por memória visitou a freguesia, havendo aí lugar também para a testemunha que vinha dizer seu dito."

Aí está o mesmo pensamento, suprimidas apenas as superfluidades devidas ao descuido da frase e mecanismo inconveniente das orações. De oito orações ficaram seis, e estas, em vez de serem uniformemente unidas pelo relativo ou pela copulativa como eram as oito, ao contrário, têm todas um vínculo diverso. A segunda une-se pela copulativa *que*, a terceira pelo pronome regido de preposição *a ela*, a quarta pelo advérbio de lugar *onde*, a quinta pelo particípio *havendo*, a sexta pelo relativo *que*.

Se há mais elegância e beleza nessa arte de variar o torneio das frases, se a simplicidade da dicção não a torna mais flexível para moldar-se a todos os relevos do pensamento, decidam os homens de gosto.

Apresentei um trecho de prosa clássica vestido à moderna, e para que melhor se destaque a diferença dos dois estilos, mostrarei ao inverso um trecho moderno, trajado à antiga. Escolho de preferência um fragmento do *Guarani*, por ser o livro censurado de frouxo no estilo.

"A tarde ia morrendo.

"O sol declinava no horizonte se deitando sobre as grandes florestas, que iluminava com seus últimos raios.

"A luz frouxa e suave do ocaso, deslizando pela verde alcatifa, enrolava-se em ondas de púrpura e ouro sobre a folhagem das árvores.

"Os espinheiros silvestres desatavam as flores alvas e delicadas, e o uricuri abria as tenras palmas para receber no cálice o orvalho da noite etc."

Nesta descrição da hora de ave-maria no deserto, destacam-se logo à primeira vista os traços largos do painel: lá o ocaso do sol; além a flutuação da luz; aquém, já na sombra, as flores noturnas, que se abrem. A mesma separação dos períodos denota a sucessão e contraste dessas impressões várias.

Vestido à moda clássica, tudo isto desapareceria:

"E porque ia a tarde morrendo e o sol declinava no horizonte e deitava-se sobre as grandes florestas que iluminavam seus últimos raios, à luz frouxa e suave do ocaso, que deslizava pela verde alcatifa, parecia que formava ondas de púrpura e ouro sobre a folhagem das árvores; e ao ponto que desatavam os pinheiros silvestres as suas flores alvas e delicadas, abria o ouricuri as tenras palmas, para que recebesse no seu cálice o orvalho da noite."

Chamem outros estilo terso este que para mim é ao contrário uma locução flácida e lânguida, pois, à força de atilhos, mistura ideias distintas, escurece o pensamento e muitas vezes sacrifica a harmonia e lucidez gramaticais.

Os melhores autores clássicos, em certos casos, sentiram a necessidade de abandonar esse estilo tão alinhavado de conjunções por uma frase mais simples e concisa. Tenho presente um trecho de Lucena; é também uma descrição da ilha de Ceilão:

"Porque nesta os matos são toda a boa canela do mundo, pimenta, cárdamo, frutíferos palmares. Nos campos é tanto o arroz, a que eles chamam bate, que deu o nome ao reino de Calon, intitulado a esta conta Batecalon.

"As pedreiras criam os mais finos rubis, safiras, olhos-de-gato e outra muita sorte de pedrarias. O mar, além de muito pescado, é, como já dissemos, um dos três tesouros das pérolas e aljofras do Oriente."

Estes períodos destacados prestam-se melhor aos vários pontos da descrição do que um amálgama de ideias que produziria, como a acumulação de cores, um *pastiche* grosseiro.

Não posso transportar para aqui todas as observações que tenho feito a respeito dos clássicos; limito-me por enquanto a manifestar minha opinião, ou antes, meu gosto em matéria de estilo. Assim aqueles que censuram minha maneira de escrever, saberão que não provém ela, mercê de Deus, da ignorância dos clássicos, mas de uma convicção profunda a respeito da decadência daquela escola.

IV

Entre as críticas tão ilustradas como benévolas que acolheram *Iracema*, apareceu uma fútil, insulsa, e, sobretudo, de má-fé, porque atribuía ao livro falsidades para servirem de pasto à censura. Recordo-me especialmente de uma sobre o *jerimum* de que não se fala, nem por alusão remota, em toda a obra; e também do invento de se dar como entendendo latim o pajé dos tabajaras. São perversidades infantis, que não valem a pena de ocupar o espírito do leitor sisudo.

Posteriormente, algumas pessoas das que mais benévolas se mostraram para o livro, comunicaram ao autor dúvidas sobre a exatidão de algumas circunstâncias. Desde então guardei o propósito de, nesta segunda edição, esclarecer aqueles pontos.

Duvidou-se que "Poti do alto do coqueiro flechasse o camoropim nas águas do Mundaú". Se conhecessem a destreza dos selvagens nessa arma, veriam nisso um fato muito natural e até referido pelos cronistas.

Diz Gabriel Soares (*Roteiro do Brasil*, tít. 17, cap. 140) — "São os tupinambás grandes flecheiros, assim para as aves como para a caça dos porcos, veados e outras alimárias; e há muitos que matam no mar e nos rios d'água doce o peixe à flecha, e desta maneira matam mais peixe que outros à linha".

Ainda supondo que o coqueiro fosse prócero, desde que se atenda ao grande volume do camoropim, onde a dificuldade? O pássaro que o índio abatia com a flecha não voa mais alto do que o coqueiro e não tem menor corpo do que o peixe?

Duvidou-se, também, que a *jandaia* de Iracema viesse do Ipu ter à lagoa de Mecejana. Quem não conhece as emigrações desses pássaros, cujos bandos aparecem e desaparecem com o inverno e o estio? Essas emigrações mais sensíveis se tornam no Ceará por causa das secas frequentes, que obrigam os animais a buscarem as várzeas e, sobretudo, as margens das lagoas e rios.

Duvidou-se, finalmente, que o coqueiro fosse indígena do Brasil; e neste ponto se apoiaram na opinião do sr. Agassiz. Respeito muito o saber deste naturalista, mas entendo que não tinha elementos para produzir dogmaticamente uma opinião sobre questão de fato.

Laet, a este respeito sem contestação maior autoridade, porque não viu o Brasil a voo de pássaro, mas aqui residiu por largos anos, escreveu no liv. 15, cap. 25, p. 493: — *Il s'y trouve quantité d'arbres qui portent les noix de cocos non pas dans les lieux non cultivés, mais auprès des habitations des sauvages et dans les vergers.* — Para não haver dúvida a respeito da identidade da árvore, deixou-nos a estampa.

Laet escreveu no segundo século do descobrimento, mas primeiro de sua colonização. Era ainda bem recente a introdução das plantas asiáticas, africanas e europeias. Se entre essas estivesse o coqueiro, não é presumível que o naturalista holandês ignorasse o fato. Acresce que não podia a planta, se fosse exótica, ter-se já propagado de tal forma que se encontrasse nas aldeias dos índios não só do litoral como do interior, convindo lembrar o tardio crescimento do coqueiro.

Fernão Cardim — *Narrativa epistolar*, no princípio do século XVII, também menciona o coqueiro como árvore comum naquele tempo, e, embora não afirme positivamente, dá a entender que é indígena. Ferdinand Denis e Liais assim o consideram.

É preciso pôr aqui termo a este pós-escrito, para que não fique um livro acostado a outro.

Outubro, 1870. — J. de Al.

Posfácio

Um mito sacrificial: o indianismo de Alencar*

ALFREDO BOSI

É próprio da imaginação histórica edificar mitos que, muitas vezes, ajudam a compreender antes o tempo que os forjou do que o universo remoto para o qual foram inventados.

Acreditando nessa proposição, arrisco-me a revisitar um lugar-comum dos comparatistas literários que afinam o indianismo brasileiro pelo diapasão europeu da romantização das origens nacionais. Lá, figuras e cenas medievais; cá, o mundo indígena tal e qual o surpreenderam os descobridores. Cá e lá, uma operação de retorno, um esforço para bem cumprir o voto micheletiano de ressuscitar o passado, alvo confesso da historiografia romântica. Até que ponto esse paralelismo se sustém?

A aproximação de ambas as visões do passado mantém-se válida na esfera ampla da história das mentalidades. Houve, de fato, uma corrente de saudosismo, de filiação *ancien régime*, tardia mas nem por isso menos intensa, que cruzou as letras europeias na fase pós e antirrevolucionária. As obras de Chateaubriand, de Xavier de Maistre e de sir Walter Scott ilustram os seus momentos de vigor em matéria de imaginação e estilo.

No caso brasileiro, um dos veios centrais do nosso romantismo, o alencariano, também mostrou-se receoso de

* Este ensaio foi publicado em Alfredo Bosi, *Dialética da colonização* (São Paulo: Companhia das Letras, 1992). (N. E.)

qualquer tipo de mudança social, parecendo esgotar os seus sentimentos de rebeldia ao jugo colonial nas comoções políticas da Independência. Passado este ciclo, qualquer medida que avançasse no sentido de alargar a tão estreita margem de liberdade outorgada pela Carta de 23 assumia ares de subversão.[1] Assim, a reforma eleitoral e a *questão servil* ficaram bloqueadas desde a vitória do *Regresso* em 1837 (o termo foi cunhado e assumido prazerosamente pelos conservadores) até a subida da maré liberal nos anos 60: precisamente os três decênios que viram o surgimento e o clímax da nossa literatura romântica.

Observa-se em todo esse período uma espécie de encruamento das posições liberal-radicais que levaram à abdicação de Pedro I e aos sucessos tumultuosos da Regência. O fenômeno, que já foi diagnosticado em termos de consolidação do poder escravista, não é de todo estranho às formas paradoxais pelas quais uma figura de nítido corte rousseauísta como o *bon sauvage* acabou compondo o nosso imaginário mais conservador. Gigante pela própria natureza, o índio entrou *in extremis* na sociedade literária do Segundo Império.

Remonte-se um pouco no tempo. O processo da independência gerou, ao desencadear-se, uma dialética de oposição. Mesmo considerando que os estratos dominantes foram os arquitetos e os beneficiários da *pátria dei criollo*,[2] é força convir que contradição houve, tanto no nível dos interesses materiais coibidos pelo antigo monopólio, quanto no delicado tecido da vida simbólica. Viveu-se uma fase de tensão aguda entre a Colônia que se emancipava e a Metrópole que se enrijecia na defesa do seu caducante Império. O primeiro quartel do século XIX foi, em toda a América Latina, um tempo de ruptura. O corte *nação/colônia*, *novo/antigo* exigia, na moldagem das identidades, a articulação de um eixo: de um lado, o polo brasileiro, que enfim levantava a cabeça e dizia o seu nome; de outro, o polo português, que resistia à perda do seu melhor quinhão.

Segundo esse desenho de contrastes, o esperável seria que o índio ocupasse, no imaginário pós-colonial, o lugar que lhe competia, o papel de rebelde. Era, afinal, o nativo por excelência em face do invasor; o americano, como se chamava, metonimicamente, versus o europeu.

Mas não foi precisamente o que se passou em nossa ficção romântica mais significativa. O índio de Alencar entra em íntima comunhão com o colonizador. Peri é, literal e voluntariamente, escravo de Ceci, a quem venera como sua *Iara*, "senhora", e vassalo fidelíssimo de dom Antônio. No desfecho do romance, em face da catástrofe iminente, o fidalgo batiza o indígena, dando-lhe o seu próprio nome, condição que julga necessária para conceder a um selvagem a honra de salvar a filha da morte certa a que os aimorés tinham condenado os moradores do solar:

> Se tu fosses cristão, Peri!...
>
> O índio voltou-se extremamente admirado daquelas palavras.
>
> — Por quê?... perguntou ele.
>
> Por quê?... disse lentamente o fidalgo. Porque se tu fosses cristão, eu te confiaria a salvação de minha Cecília, e estou convencido de que a levarias ao Rio de Janeiro à minha irmã.
>
> O rosto do selvagem iluminou-se; seu peito arquejou de felicidade, seus lábios trêmulos mal podiam articular o turbilhão de palavras que lhe vinham do íntimo d'alma.
>
> — Peri quer ser cristão! exclamou ele.
>
> D. Antônio lançou-lhe um olhar úmido de reconhecimento.
>
> O índio caiu aos pés do velho cavalheiro, que impôs-lhe as mãos sobre a cabeça.
>
> Sê cristão! Dou-te o meu nome!
>
> (*O guarani*, parte IV, cap. X)

A conversão, acompanhada de mudança de nome, ocorre igualmente com o índio Poti, de *Iracema*, batizado como Antônio Felipe Camarão, o futuro herói da resistência aos holandeses. E Arnaldo, o sósia rústico de Peri de *O sertanejo*, é agraciado com o sobrenome do capitão-mor durante este diálogo edificante:

> E para si, Arnaldo, que deseja? — insistiu Campeio.
>
> — Que o sr. Capitão-Mor me deixe beijar sua mão; basta-me isso.
>
> — Tu és um homem, e de hoje em diante quero que te chames Arnaldo Louredo Campeio.
>
> (*O sertanejo*, parte II, cap. XXI)

E o senhor colonial que, nos três episódios, outorga, pelo ato da renomeação, nova identidade religiosa e pessoal ao índio e ao sertanejo.

Quanto aos aimorés, que são os verdadeiros inimigos do conquistador no *Guarani*, aparecem marcados pelos epítetos de *bárbaros*, *horrendos*, *satânicos*, *carniceiros*, *sinistros*, *horríveis*, *sedentos de vingança*, *ferozes*, *diabólicos*...

Iracema, no belo poema em prosa que traz o seu nome, apaixona-se por Martim Soares Moreno, o colonizador do Ceará, por amor de quem rompe com a sua nação tabajara depois de violar o segredo da jurema.

Nas histórias de Peri e de Iracema a entrega do índio ao branco é incondicional, faz-se de corpo e alma, implicando sacrifício e abandono da sua pertença à tribo de origem. Uma partida sem retorno. Da virgem de lábios de mel disse Machado de Assis em artigo que escreveu logo que saiu o romance: "Não resiste, nem indaga: desde que os olhos de Martim se trocaram com os seus, a moça curvou a cabeça àquela doce escravidão".[3]

O risco de sofrimento e morte é aceito pelo selvagem sem qualquer hesitação, como se a sua atitude devota para com o branco representasse o cumprimento de um destino, que Alencar apresenta em termos heroicos ou idílicos.

Creio que é possível detectar a existência de um complexo sacrificial na mitologia romântica de Alencar. Comparem-se os desfechos dos seus romances coloniais e indianistas com os destinos de Carolina, a cortesã de *As asas de um anjo* (remida e punida em *A expiação*), de Lucíola, no romance homônimo, e de Joana, em *Mãe*. São todas obras cujas tramas narrativas ou dramáticas se resolvem pela imolação voluntária dos protagonistas: o índio, a índia, a mulher prostituída, a mãe negra. A nobreza dos fracos só se conquista pelo sacrifício de suas vidas.

Paradoxalmente: *O guarani* e *Iracema* fundaram o romance nacional.

Não está em causa, nestas observações, a sinceridade patriótica do narrador, sentimento que, de resto, não guardaria qualquer relação causal com o valor estético dos seus textos. O que importa é ver como a figura do índio belo, forte e livre se modelou em um regime de combinação com a franca apologia do colonizador. Essa conciliação, dada como espontânea por Alencar, viola abertamente a história da ocupação portuguesa no primeiro século (é só ler a crônica da maioria das capitanias para saber o que aconteceu), toca o inverossímil no caso de Peri, enfim é pesadamente ideológica como interpretação do processo colonial. Nada disso impede, porém, que a linguagem narrativa de Alencar acione, em mais de um passo, a tecla da poesia.

A beleza da prosa lírica reverbera aquém ou, em outro sentido, além da representação do dado empírico que a crônica realista busca espelhar. E o mito, que essa prosa entretece, se faz aquém, ou além, da cadeia narrativa verossímil.

Aquém: o mito não requer o teste da verificação nem se vale daquelas provas testemunhais que fornecem passaporte idôneo ao discurso historiográfico. Ou além: o valor estético de um texto mítico transcende o seu horizonte factual e o recorte preciso da situação evocada. O mito, como poesia arcaica, é conhecimento de primeiro grau, preconceitual, e, ao mesmo tempo, é forma expressiva do desejo, que *quer* antes de refletir.

Há um nó apertado de pensamento conservador, mito indianista e metáfora romântica na rede narrativa de *O guarani*. Ao tentar desfazê-lo, o leitor crítico deve tomar o cuidado de não emaranhar a análise dos valores do autor, tarefa que compete à história das ideologias, com o julgamento dos seus tentos literários mais criativos.

O mito é uma instância mediadora, uma cabeça bifronte. Na face que olha para a História, o mito reflete contradições reais, mas de modo a convertê-las e a resolvê-las em figuras que perfaçam, em si, a *coincidentia oppositorum*. Assim, o mito alencariano reúne, sob a imagem comum do herói, o *colonizador*, tido como generoso feudatário, e o *colonizado*, visto, ao mesmo tempo, como súdito fiel e bom selvagem. Na outra face, que contempla a invenção, traz o mito signos produzidos conforme uma semântica analógica, sendo um processo figural, uma expressão romanesca, uma imagem poética. Na medida em que alcança essa qualidade propriamente estética, o mito resiste a integrar-se, sem mais, nesta ou naquela ideologia.

Essas observações entendem distinguir o reconhecimento da situação ideológica e o juízo de valor artístico daqueles textos literários em que as expressões mitopoéticas regem a linha narrativa.

Mas, feitas as devidas ressalvas, que o ser da poesia requer, o olhar do intérprete continua a perseguir o ponto de vista do narrador: é nele que a cultura de um determinado contexto tateia ou logra seu estado de cristalização; é através dele que fluem ou se estagnam certos valores peculiares a este ou àquele estrato social.

Na sua representação da sociedade colonial dos séculos XVI e XVII Alencar submete os polos nativo-invasor a um tratamento antidialético pelo qual se neutralizam as oposições reais. O retorno mítico à vida selvagem é permeado, no *Guarani*, pelo recurso a um imaginário *outro*. O seu indianismo não constitui um universo próprio, paralelo às fantasias medievistas europeias, mas funde-se com estas. Duas paralelas, ensina a geometria, nunca se tocam. Mas aqui não é bem de espírito geométrico que estamos falando...

A concepção que Alencar tem do processo colonizador impede que os valores atribuídos romanticamente ao nosso índio — o heroísmo, a beleza, a naturalidade — brilhem em si e para si; eles se constelam em torno de um ímã, o conquistador, dotado de um poder infuso de atraí-los e incorporá-los. Não sei de outra formação nacional egressa do antigo sistema colonial onde o nativismo tenha perdido (para bem e para mal) tanto da sua identidade e da sua consistência. Augusto Meyer, em um soberbo estudo que dedicou a Alencar, tudo remete ao conceito de *tenuidade brasileira* para dar conta desses e de outros singulares descompassos de nossa cultura romântica.[4]

Suspeitando, porém, que o teor ambíguo desse nativismo não poderia, em razão do seu modo de compor-se, manter sempre uma face homogênea, busquei a exceção, a rara exceção, e afinal a encontrei em uma breve passagem, uma nota etnográfica aposta à lenda de *Ubirajara*. Foi a última obra em que Alencar voltou ao assunto. Trata-se de uma poetização da vida indígena anterior ao descobrimento. A nota sugere uma leitura da colonização portuguesa como um feito de violência. Defendendo os tupis da pecha de traidores com que os infamaram alguns cronistas, assim lhes rebate Alencar: "Foi depois da colonização que os portugueses, assaltando-os como a feras e caçando-os a dente de cão, ensinaram-lhes a traição que eles não conheciam".

É verdade que esse juízo cortante não tem força retroativa, chega tarde e não pode alterar a simbiose luso-tupi que Alencar armara tão solidamente nos romances coloniais, onde o destino do nativo era tratado como sacrifício espontâneo e sublime.

Mas a veemência do tom ("assaltando-os como a feras e caçando-os a dente de cão" parecem expressões de missionários incriminando colonos e bandeirantes) ganha sentido se vista à luz das ásperas polêmicas literárias que Alencar precisou travar, nos seus últimos e sombrios anos de vida. Zoilos portugueses e penas intolerantes o acusavam de inventar um selvagem falso, e, o que era pior, escrever em uma língua inçada de *americanismos*, desviante do cânon da matriz. As respostas irritadamente nacionalistas de Alencar se leem no longo prefácio que fez para um dos seus últimos romances, *Sonhos d'ouro*, que saiu em 1872. O texto é um documento interessante de política cultural brasileirista *post festum*.

Seria instrutivo esboçar um confronto da ficção de Alencar com a poesia americana de Gonçalves Dias, que a precedeu de uma geração.

Nos *Primeiros cantos* do maranhense lateja a consciência do destino atroz que aguardava as tribos tupis quando se pôs em marcha a conquista europeia. O conflito das civilizações é trabalhado pelo poeta na sua dimensão de tragédia. Poemas fortes como *O canto do piaga* e *Deprecação* são agouros do massacre que dizimaria o selvagem mal descessem os brancos de suas caravelas.

Pelo seu tom entre espantado e solene lembram esses cantos os presságios que os vates astecas anunciaram ao seu povo alguns anos antes da invasão espanhola. São vozes de gente prestes a sucumbir a ferro e fogo; e o modo pelo qual sobreviria a matança era tão incompreensível para as vítimas que só palavras misteriosas de visão e agouro poderiam dizê-lo.

Por intermédio do pajé, o *piaga divino* em transe, falam os deuses ou, mais precisamente, fala um espectro que viu o mundo às avessas: o sol enegrecido, a coruja piando de dia, copas da floresta a se agitarem em plena calma, e a lua ardendo em fogo e sangue.

Tu não viste nos céus um negrume
Toda a face do sol ofuscar;
Não ouviste a coruja, de dia,
Seus estrídulos torva soltar?

Tu não viste dos bosques a coma
Sem aragem — vergar e gemer,
Nem a lua de fogo entre nuvens,
Qual em vestes de sangue, nascer?

Em *A visão dos vencidos*, Miguel León-Portilla transcreve presságios que, inicialmente redigidos em náuatle pelos alunos de um missionário, frei Bernardino de Sahagún, só conheceriam versão em espanhol nos meados do século XX graças à erudição de Angel Maria Garibay.[5]

Impressiona, nesses cantos mexicas, a obsessão do fogo que sobe em pirâmides e colunas contra o sol a pino; e, em um dado momento, o encrespar-se e o referver da lagoa que se move por si mesma, "sem vento algum", como "sem aragem" se dobram os ramos no poema brasileiro. Tanto na fala do xamã tupi como nas predições astecas surgem do mar figuras monstruosas para extermínio de nações impotentes: "Manitôs já fugiram da Taba/ ó desgraça! ó ruína! ó Tupá!".

Como é de todo improvável que se tenha dado qualquer interação entre os então ignorados manuscritos em náuatle e os poemas americanos do nosso grande romântico, só nos resta considerar o vasto campo de afinidades de tema e de imaginário que a colação das passagens revela à primeira leitura.

O jovem Gonçalves Dias ainda estava próximo, no tempo e no espaço, do nativismo exaltado latino-americano. Talvez a familiaridade do maranhense com a luta entre brasileiros e *marinheiros* que marcou nas províncias do Norte os anos da Independência explique a aura violenta e aterrada que rodeia aqueles versos de primeira mocidade. Em Alencar, ao contrário, a imagem do conflito retrocederia para épocas remotas passando por um decidido processo de atenuação e sublimação. Gonçalves Dias nasceu sob o signo de tensões locais antilusitanas, que vão de 1822 aos Balaios. Alencar formou-se no período que vai da maioridade precoce de Pedro II (de que seu pai fora um hábil articulador) à conciliação partidária dos anos 50. O nacionalismo de ambos, aparentemente comum, merece uma análise diferencial, pois forjou-se em cadinhos políticos diversos.

Sondar uma possível gênese dos modos que assumiu entre nós o nativismo romântico decerto concorre para entender as formas opostas de tratar o destino das populações conquistadas. E junto com a perspectiva ideológica, fruindo embora de um apreciável grau de liberdade *poética*, vão-se traçando os respectivos esquemas de representação. O poético supera (conservando) o ideológico, não o suprime.

Quanto às figuras do desastre iminente concebidas pelo primeiro G. Dias, creio que o seu modelo se encontre nas visões do Apocalipse joanino. É no livro-fecho do Novo Testamento que aparecem, contíguos na mesma visão, o sol escurecido em pleno dia e a lua tinta de sangue.[6] Seria nessa matriz que iriam colher os sinais cósmicos das grandes catástrofes os discursos escatológicos proferidos ao longo da história do cristianismo. É de supor que também a voz do poeta brasileiro culto, falando embora pela boca do pajé, tenha recorrido ao imaginário bíblico para predizer o fim de um mundo. Em paralelo, os vates astecas anunciaram o seu próprio extermínio narrando os prodígios que viram antes da chegada dos invasores. A afinidade que resulta da leitura dos poemas de Gonçalves Dias e dos agouros mexicas, em termos de figuração, advém de um sentimento comum de terror expresso por uma rede de sinais apocalípticos no sentido amplo e transcultural de imagens prenunciadoras de um cataclismo a um só tempo social e cósmico. O fim de um povo é descrito como o fim do mundo.

O poeta guardou em seus últimos versos aquela visão trágica da conquista. No derradeiro canto que dedicou ao selvagem, a epopeia inacabada dos *Timbiras*, retornam os vaticínios do piaga; desta vez chora-se a sorte da América, a *América infeliz*, com a sua natureza profanada e as suas gentes vencidas:

Chame-lhe progresso
Quem do extermínio secular se ufana;
Eu modesto cantor do povo extinto
Chorarei nos vastíssimos sepulcros
Que vão do mar aos Andes, e do Prata
ao largo e doce mar das Amazonas.

O que resultou do encontro foi uma nação "que tem por base/ Os frios ossos da nação senhora/ E por cimento a cinza profanada/ Dos mortos, amassada aos pés de escravos".

Quanto ao colonizador português, aparece como *velho tutor e avaro*, cobiçoso da beleza de sua pupila, a América. E voltam os signos da convulsão dos elementos naturais, agora decifrados como estragos produzidos pelas armas de fogo do invasor branco.

Ardia o prélio,
Fervia o mar em fogo à meia-noite,
Nuvem de espesso fumo condensado
Toldava astros e céus; e o mar e os montes
Acordavam rugindo aos sons troantes
Da insólita peleja!

(Canto III)

Em direção oposta à dos *Primeiros cantos* e dos *Timbiras*, o romance histórico de Alencar voltou-se não para a destruição das tribos tupis, mas para a construção ideal de uma nova nacionalidade: o Brasil que emerge do contexto colonial. Daí, a atenção que merecem os modos pelos quais o narrador trabalhou a assimetria das forças em presença na sua primeira síntese romanesca. E minha hipótese que o mito sacrificial, latente na visão alencariana dos vencidos, se tenha casado com o seu esquema feudalizante de interpretação da nossa história. Dentro de um contexto marcado pelas relações de senhor e servo, no qual o domínio do primeiro e a dedicação do segundo parecem conaturais, assumem uma lógica própria as personagens de *O guarani* e a *doce escravidão* que Machado de Assis viu em *Iracema*.

Nas linhas que seguem procuro testar a justeza e os limites da hipótese aplicada ao romance: e retomo, nessa ordem de interrogações, um texto preparado para uma obra coletiva sobre o movimento romântico.[7]

UM CASTELO NO TRÓPICO?

O quadro de um Brasil-Colônia criado à imagem e semelhança da comunidade feudal europeia aparece quase em estado puro no *Guarani* de Alencar. Mas a intuição do romancista foi além dos preconceitos do intérprete da nossa História; e o *quase* fez brechas tão largas no corpo do romance que o castelo de dom Antônio de Mariz se acabou em ruínas antes que a narração chegasse ao termo. Comecemos, porém, pela sua edificação.

As páginas com que se abre *O guarani* descrevem a paisagem que cerca o solar dos Mariz. Trata-se de um cenário soberbo cujos aspectos se compõem de uma hierarquia de senhor e servo. Para o Paraíba do Sul, que rola *majestosamente* no seu vasto leito, aflui o Paquequer, "vassalo e tributário que, altivo e sobranceiro contra os rochedos, curva-se humildemente aos pés do suserano [...] escravo submisso, sofre o látego do Senhor".

O processo europeu de dominação vai assimilar os dados da natureza: desenhará na selva formas góticas e clássicas fazendo o rio correr no meio de arcarias de verdura e de *capitéis* formados por leques de palmeiras.

Como situar o homem em um cenário assim *grande* e *pomposo*? Alencar oscilaria entre um romantismo selvagem, pré-social, que define o homem como *um simples comparsa dos dramas majestosos dos elementos*, e a sua perspectiva histórica, mais coerente e assídua, pela qual a natureza brasileira é posta a serviço do nobre conquistador. O solar do fidalgo está fincado solidamente na paisagem que de todos os lados o protege: e, se a muralha não é feita por mão humana, é porque se utilizou a rocha cortada a pique. A eminência da pedra e o abismo em redor oferecem à casa de dom Antônio segurança digna de um castelo medieval:

> Assim, a casa era um verdadeiro solar de fidalgo português, menos as ameias e a barbacã, as quais haviam sido substituídas por essa muralha de rochedos inacessíveis, que ofereciam uma defesa natural e uma resistência inexpugnável [...] entre os troncos dessas árvores, uma alta cerca de espinheiros tornava aquele pequeno vale impenetrável.

A tônica posta no indevassado, no fechamento, na inteira defesa, amarra os elementos naturais à esfera da pequena comunidade que reproduz na selva o modelo da vida medieva. Na transposição, o núcleo do complexo patriarcal europeu reponta com uma tipicidade ainda mais angulosa e pura. A imponência e solenidade do castelo acachapa-se e descarna-se sob a forma da casa-grande *edificada com a arquitetura simples e grosseira que ainda apresentam as nossas primitivas habitações; tinha cinco janelas de frente, baixas, largas, quase quadradas.*

O simples, o grosseiro, o quadrado da frontaria não dão, porém, acesso a um estilo novo, rústico, de moradia. Abra-se a pesada porta de jacarandá e penetre-se no interior do solar: *respirava um certo luxo que parecia impossível existir nessa época em um deserto, como era então aquele sítio.* As paredes são apenas caiadas, mas a decoração é heráldica com brasões d'armas, escudos e elmos de prata desenhados sobre o portal, além de bordados no largo reposteiro de damasco vermelho.

O gosto do severo, e até do triste, já permeia o que viria a ser o *kitsch* colonial-romântico: que aqui dispõe cadeiras de couro de alto espaldar, na sala de jantar, e, na alcova, objetos exóticos, uma guitarra cigana, uma garça real empalhada segurando com o bico o cortinado de tafetá azul e *uma coleção de curiosidades minerais de cores mimosas e formas esquisitas.* Com blocos heráldicos e resíduos da selva tropical mudados em curiosidades recheiam-se as descrições do nosso primeiro romance histórico romântico.

Nesse ambiente e no cenário para ele pintado, movem-se as pessoas que arrancam do *feudo* ou da *selva* os traços definidores. Na interação dos caracteres, o princípio que tudo rege é o que faz a natureza subordinar-se à comunidade fidalga, de tal sorte que a nobreza original da primeira saia confirmada pelo valor inerente à última. A transgressão do pacto entre comunidade feudal e ambiente primitivo seria, a rigor, a única fonte de tensão capaz de gerar um dissídio no interior da obra.

Dom Antônio de Mariz, um dos fundadores da cidade do Rio de Janeiro, e que jurara fidelidade à Coroa lusa *perante o altar da natureza*, aparece como o instaurador do elo: a conquista das terras americanas funda um modo de viver em que a violência do domínio aparece resgatada pela coragem das primeiras lutas contra a selva, os índios e os piratas. Em dom Antônio, como em sua filha dileta, Cecília, a síntese colonial-romântica se perfaz de modo cabal: ambos admiram intensamente Peri, ambos respeitam os selvagens, ao passo que dona Lauriana e seu filho, Diogo, que constituem a fidalguia extremada, verão com desdém o *bugre*, atitude que acabará por ser fatal ao equilíbrio da história. Essa diferenciação interna é peça forte da ideologia ao mesmo tempo conservadora e nativista de Alencar: o senhorio da terra, direito da nobreza conquistadora, deve reconhecer nos índios aquelas virtudes naturais de altivez e fidalguia que seriam comuns ao português e ao aborígine. Assim, a violação do último pelo primeiro que, de fato, instaurou o contato entre ambos, parece ceder a um compromisso de honra entre iguais. Por isso, quando o jovem dom Diogo de Mariz mata inadvertidamente uma índia na selva, o pai o repreende com dureza, porque assassinar uma mulher é *ação indigna do nome que vos dei*.

A ofensa não passaria impune: a vingança dos aimorés será uma das molas do desenlace de *O guarani*. A honra constitui, como se sabe, a pedra de toque das relações pessoais pré-burguesas. Ela demanda todos os sacrifícios, não excetuado o da vida, mas incorpora, na sua dinâmica, a fatalidade da vingança, desde que esta não se manche com a menor indignidade. O olho aristocrático discerne, *a priori*, os homens capazes de viver *naturalmente*, uma existência honrada, e os outros *vilões*, de quem se podem esperar ações ignóbeis. O que marca o indianismo de Alencar é a inclusão do selvagem nessa esfera de nobreza, na qual cabem sentimento de devoção absoluta (de Peri a Ceci) e também de ódio sem margens (dos aimorés aos brancos do solar).

Tal sistema de expectativas de honra só não reproduz simplesmente o modelo da convivência entre fidalgos europeus, *porque não é uma relação entre iguais*: quem o instalou pretende subjugar o outro ao seu próprio mundo de dominação. Mas, como essa premissa fica, em geral, subentendida, o que aparece em primeiro plano é a intersecção de fidalgo e selvagem que se cruzam na posse das virtudes propriamente senhoriais: coragem e altivez, abnegação e lealdade.

Os predicados não se esgotam na formação dos *tipos*. Não sendo inertes, a sua ação vai operando ao longo da história: é difícil contar as vezes em que, do primeiro ao último capítulo, a audácia e o devotamento de Peri salvam os Mariz de morte certa e atroz. Seguem-no de perto no cometimento de atos heroicos dom Antônio e dom Álvaro de Sá *que do primeiro tinha recebido todos os princípios daquela antiga lealdade cavalheiresca do século* XV, *os quais o velho fidalgo conservava como o melhor legado de seus avós*.

Peri é, ao mesmo tempo: tão nobre quanto os mais ilustres barões portugueses que haviam combatido em Aljubarrota ao lado do Mestre de Aviz, o rei cavalheiro, e *servo* espontâneo de Cecília, a quem chama Uiára, isto é, senhora. Também Iracema, no romance homônimo, torna-se mulher de Martim Soares Moreno, mas a relação de sexos importa aí menos que a de domínio: a índia não é senhora, mas serva do conquistador, e morrerá por sua causa.

Se o solar dos Mariz fosse, realmente, o que Alencar projetou fazer dele, um castelo no trópico, bastaria a vingança dos aimorés para provocar no interior do sistema o desequilíbrio que o levará à catástrofe. Mas esse fator, previsível, não é o único a compor a trama. Já no primeiro capítulo, o leitor é informado de que *o fundo da casa, inteiramente separado do resto da habitação por uma cerca, era tomado por dois grandes armazéns ou senzalas, que serviam de morada a aventureiros e acostados*. E o que fazem esses *acostados* junto a dom Antônio? À primeira vista, recebiam dele abrigo e proteção, mas, logo adiante, está dito que recambiavam o fator assegurando ao fidalgo o direito de metade dos lucros auferidos nas explorações e correrias pelo sertão. O pacto com mercenários faz entrar uma realidade nova: o ganho, o dinheiro; instituto alheio à rede feudal de valores. A brecha, se bem pensada, teria ensinado a Alencar que a Colônia não repetia a Idade Média, mas abraçava uma sociedade já aberta, em interação frequente com o mundo:

> Quando chegava a época da venda dos produtos, que era sempre anterior à saída da armada de Lisboa, metade da banda dos aventureiros ia à cidade do Rio de Janeiro, apurava o ganho, fazia a troca dos objetos necessários, e na volta prestava suas contas. Uma parte dos lucros pertencia ao fidalgo, como chefe; a outra era distribuída igualmente pelos quarenta aventureiros, que recebiam em dinheiro ou em objetos de consumo.

O modelo da comunidade age, porém, com mais força no espírito romântico do que a estrutura social que ele soube, afinal, apanhar com vigor.

> *Assim vivia, quase no meio do sertão, desconhecida e ignorada, essa pequena comunhão de homens, governando-se com as suas leis, os seus usos e costumes...*

Na verdade, os usos e os costumes do mercenário não podem ser os do castelão: não corre entre uns e outros aquela faixa de valores que enlaça o nobre e o indígena. Pela porta do acordo feito com um homem da casta de Loredano, dom Antônio permitiu que invadisse o seu espaço hierático a cupidez e, com ela, a luxúria e a traição.

Loredano, o filho de um pescador, saído das lagunas de Veneza, armará ciladas mais graves que os aimorés: o que move a trama do vilão não é a honra ferida, mas a *auri sacra fames* e o desejo obsceno de possuir Cecília e torná-la *barregã de aventureiro*. Boa parte das peripécias, que fazem de *O guarani* um romance folhetinesco cheio de zigue-zagues no tempo, deve-se a esse elemento perturbador que maquina na sombra a ruína e a abjeção dos Mariz. Vista no conjunto, entretanto, a ação dos mercenários antes leva ao exercício do romanesco (o perigo do Mal, encarnado com vivas cores por um frade sacrílego) que a uma alteração substancial no sistema. Que rui materialmente, mas permanece intacto nos seus valores mais íntimos. Dom Antônio e a família não fogem: resistem heroicos e, no momento extremo, fazem explodir o solar, atingindo também os aimorés; Cecília parte escoltada por Peri, a quem o batismo, ministrado no último instante, tornaria digno de salvar sua senhora. Os mercenários importam como fator de intriga, são geradores de suspense, índices de um Brasil aventuroso (nem estável nem feudal) que acena com ouro e prata, as legendárias minas de Robério Dias... mas, na economia total da obra, significam principalmente o filtro que revela, pelo contraste do escuro sobre o claro, a pureza de Cecília, o despojamento de Álvaro de Sá, a nobreza selvagem de Peri, a generosidade inata de dom Antônio de Mariz.

As páginas finais descrevem a fuga de Cecília e Peri pela floresta e pelo rio. Cancelam-se aqui os limites históricos, desfazem-se os contornos da vida em sociedade; e a narração volta-se para as fontes arcanas do romance histórico: a lenda. O homem e a natureza e, entre ambos, a natureza mais humana, a humanidade mais natural, a mulher. O homem deve livrar a mulher da morte pela mediação da natureza protetora. E só no desfecho, em que a vida reflui para a selva salvadora, o romance perfaz a sua ambição de recortar uma comunidade cerrada, *natural*. É como se o cronista, leitor de Walter Scott, pusesse a História entre parênteses e imergisse em uma paisagem sem tempo. O passado, substância da crônica, perde celeremente todo peso:

> Ela mesma não saberia explicar as emoções que sentia; sua alma inocente e ignorante tinha-se iluminado com

> uma súbita revelação; novos horizontes se abriam aos sonhos castos do seu pensamento. *Volvendo ao passado admirava-se de sua existência, como os olhos se deslumbram com a claridade depois de um sono profundo;* não se reconhecia na imagem do que fora outrora, na menina isenta e travessa.

Na solidão da mata, na canoa que resvala sobre a água lisa do Paraíba, a narrativa se arma sinuosamente para as formas do idílio. A relação fundamental homem-mulher franqueia, nesse momento de abertura à natureza, o intervalo de raça e de status que se mantivera constante ao longo da história.

> No meio de homens civilizados, [Peri] era um índio ignorante, nascido de uma raça bárbara, a quem a civilização repelia e marcava o lugar de cativo. Embora para Cecília e dom Antônio fosse um amigo, era apenas um escravo.
>
> Aqui, porém, todas as distinções desapareciam; o filho das matas, voltando ao seio de sua mãe, recobrava a liberdade; era o rei do deserto, o senhor das florestas, dominando pelo direito da força e da coragem.

Para Cecília, a presença desse homem, novo e inteiro, no seu estado natural, tem ares de revelação: "Um outro sentimento ainda confuso ia talvez completar a transformação misteriosa da mulher".

O diálogo da senhora com o escravo cede a inflexões confiantes e diretas de conversa entre irmã e irmão, que mal escondem outros tons, mais ardentes. E situações novas ditam a Peri relatos em forma de *mitos*. O primeiro é alegoria amorosa, posto que sublimada na intenção do índio:

> — Escuta, disse ele. Os velhos da tribo ouviram de seus pais que a alma do homem, quando sai do corpo, se

esconde numa flor, e fica ali até que a ave do céu venha buscá-la e levá-la bem longe. É por isso que tu vês o *guanumbi*, saltando de flor em flor, beijando uma, beijando outra, e depois batendo as asas e fugindo.

— Peri não leva a sua alma no corpo, deixa-a nesta flor. Tu não ficas só.

À fantasia do selvagem responde o projeto declarado de Alencar, a poética do amor romântico:

> Qual é a menina que não consulta o oráculo de um malmequer, e que não vê uma borboleta negra a sibila fatídica que lhe anuncia a perda da mais bela esperança? Como a humanidade na infância o coração nos primeiros anos tem também a sua mitologia; mitologia mais graciosa e poética do que as criações da Grécia; o amor é o seu Olimpo povoado de deusas ou deuses de uma beleza celeste ou imortal.

A situação final é epifania do grande mito do dilúvio: apresenta o evento primitivo de sorte a reexpor a sua função exemplar. O cataclismo das chuvas, o perecimento de todos os homens, a palmeira que sobrenadou, a salvação de Tamandaré e de sua mulher reiteram-se no episódio que fecha *O guarani*. Na hora do perigo supremo, o poder de salvar vem do alto: o Senhor falava de noite a Tamandaré, e de dia ele ensinava aos filhos da tribo o que aprendera no céu. No romance, a força emana do interior do herói: Peri inspira-se na sua devoção à mulher.

Do ponto de vista da estrutura do romance, a narração do novo dilúvio tem papel decisivo — propicia o gesto do amor e abre a história para um espaço indeterminado, como os do próprio mito redivivo:

> A palmeira arrastada pela torrente impetuosa fugia... E sumiu-se no horizonte...

A oscilação de Alencar, proposta no começo destas linhas, entre a sua perspectiva histórica e um romantismo selvagem, pré-social, resolve-se, enfim, pelo segundo polo: o primitivo natural é ainda mais remoto, mais puro, logo mais romântico que a simples evocação dos tempos antigos.

Notas

1. O leitor encontrará farto exemplário do pensamento regressista brasileiro, dominante até a década de 1860, consultando os *Anais do Parlamento* impressos no Rio de Janeiro pela Tipografia Villeneuve. V. adiante o capítulo "A escravidão entre dois liberalismos".
2. A expressão é tirada de um clássico da historiografia latino-americana, *La pátria del criollo*, de Severo Martínez Peláez, que a aplicou à formação nacional da Guatemala (Costa Rica, Editorial Centroamericana, 1973).
3. Machado de Assis, "*Iracema*, por José de Alencar", in *Diário do Rio de Janeiro*, 23 de janeiro de 1866.
4. Augusto Meyer, "Alencar e a tenuidade brasileira", in José de Alencar, *Ficção completa e outros escritos*, Rio de Janeiro, Aguilar, 1964, vol. II, pp. 11-24.
5. Edição brasileira: Porto Alegre, L&PM, 1985.
6. Apocalipse, cap. VI. Para compreender a linguagem própria do apocalipse tupi-guarani, a fonte é sempre Curt Nimuendaju, *As lendas da criação e destruição do mundo* [São Paulo: Hucitec/ Edusp, 1987], já citado. Nada indica que G. Dias pudesse ter notícia dessas lendas que Nimuendaju iria colher e traduzir só no começo do século XX. De qualquer modo, as figuras dos relatos guaranis, centradas na erosão e principalmente no dilúvio, não correspondem aos sinais cataclísmicos evocados no "Canto do piaga".
7. Por volta de 1972, a pedido de Anatol Rosenfeld, escrevi um ensaio intitulado "Imagens do Romantismo no Brasil". É o primeiro tópico desse estudo que, com alguns acréscimos, vem aqui inserto sob o intertítulo: Um castelo no trópico?.

Cronologia

1829 1º DE MAIO José Martiniano de Alencar nasce no sítio Alagadiço Novo, em Messejana (atualmente um bairro de Fortaleza), província do Ceará. É o filho primogênito de Ana Josefina e José Martiniano Pereira de Alencar, membros de uma tradicional linhagem de fazendeiros e políticos nordestinos e primos em primeiro grau. A destacada carreira política do pai inclui os cargos de deputado provincial, senador vitalício do Império e presidente da província do Ceará; era padre — "presbítero do hábito de São Pedro" —, condição que não abandonou para amasiar-se com Ana Josefina, e maçom. Somente em testamento reconheceu sua união "ilícita e particular" com a mulher, além da paternidade legítima de Alencar e seus sete irmãos sobreviventes, produtos de sua "fragilidade humana".

1830 Tendo se licenciado o deputado provincial titular, o pai toma posse na Câmara dos Deputados como integrante da facção liberal, levando a pequena família consigo para o Rio de Janeiro.

1832 Seu pai é declarado senador na vaga do marquês de Aracati, que acompanhara d. Pedro I até Portugal.

5 DE DEZEMBRO Nasce Leonel Martiniano de Alencar, seu primeiro irmão e futuro barão de Alencar.

1834 O senador Alencar é nomeado presidente da província do Ceará.

Retorna à terra natal com a família.

1837 6 DE JULHO Nasce Tristão Martiniano de Alencar, seu

irmão, batizado pelo próprio pai no palácio do governo. Com a destituição do gabinete liberal liderado pelo padre Diogo Antônio Feijó, o "padre Martiniano" (como o pai de Alencar era conhecido no Ceará) perde o cargo de presidente e reassume no ano seguinte, no Rio de Janeiro, o mandato de senador.

No retorno com a família para a Corte, Martiniano opta por viajar por via terrestre o primeiro trecho, entre o Ceará e a Bahia, para rever o Cariri, sua região natal. Essa viagem em lombo de burro pelo sertão provocaria fundas impressões no futuro escritor.

1840 13 DE AGOSTO Nascimento de sua irmã Maria Amélia de Alencar.

OUTUBRO Com a coroação de d. Pedro II e a ascensão de um gabinete liberal, Martiniano volta a ser nomeado presidente da província do Ceará, cargo que ocupa somente por alguns meses, até a queda dos liberais. Alencar, a mãe e os irmãos permanecem na Corte.

Matriculado no Colégio de Instrução Elementar, à rua do Lavradio, 17. A família então reside na rua do Conde, 55, centro das maquinações políticas que levaram à Maioridade de d. Pedro II.

Em *Como e por-que sou romancista* (1893), dando conta de sua iniciação nas letras, Alencar registra que por essa época lia "para [sua] boa mãe não somente as cartas e os jornais, como os volumes de uma diminuta livraria romântica formada ao gosto do tempo".

1841 Nasce sua irmã Maria Amélia de Alencar. A família se muda para uma chácara no bairro de São Cristóvão, rua do Maruí, 7a.

1842 7 DE JUNHO Nascimento de Bárbara Augusta de Alencar, sua segunda irmã.

1843 Muda-se para São Paulo, onde realiza os estudos preparatórios para se matricular na Faculdade de Direito. Leva consigo um escravo doméstico. "Com a minha bagagem, lá no fundo da canastra, iam uns cadernos escritos em letra miúda e conchegada. Eram o meu tesouro literário. Ali estavam fragmentos de romances, alguns apenas começados, outros já no

desfecho, mas ainda sem princípio" (*Como e por-que sou romancista*). Instala-se inicialmente com um primo mais velho e dois colegas numa república da rua São Bento, esquina com Quitanda.
Conhece o quintanista Francisco Otaviano de Almeida Rosa, cuja biblioteca pessoal lhe revela as obras completas de Honoré de Balzac. Vencendo a ignorância do francês, também lê Lamartine, Alexandre Dumas e Alfred de Vigny, "além de muito de Chateaubriand e Victor Hugo" (*Como e por-que sou romancista*). Escreve "arremedos de novelas" que destrói em seguida, insatisfeito com o resultado.

1846 Matricula-se na Faculdade de Direito do largo de São Francisco. Álvares de Azevedo e Bernardo Guimarães são colegas de curso, mas Alencar não participa das rodas boêmias dos estudantes.

1847 Viaja durante as férias de fim de ano até Messejana para visitar o pai, que, doente, retornara para o Ceará para se recuperar. Fascina-se, então, com as paisagens naturais da província natal, "que eu havia contemplado com olhos de menino dez anos antes, ao atravessar essas regiões em jornada do Ceará à Bahia; e que agora se debuxavam na memória do adolescente, e coloriam-se ao vivo com as tintas frescas da palheta cearense" (*Como e por-que sou romancista*).
Decide transferir-se para o curso de direito da faculdade de Olinda.

1848 Cursa o terceiro ano de direito em Olinda. Na biblioteca do mosteiro de São Bento, então a sede do curso, embrenha-se na leitura de cronistas coloniais à procura de um tema para seu primeiro livro. "Foi somente em 1848 que ressurgiu em mim a veia do romance [...]. Uma coisa vaga e indecisa, que devia parecer-se com o primeiro broto d'*O guarani* ou de *Iracema*, flutuava-me na fantasia" (*Como e por-que sou romancista*).
Esboça as novelas de temática histórica *O ermitão da Glória* e *A alma do Lázaro*, publicadas em 1873 no volume *Alfarrábios*, ao lado de *O garatuja*.
Primeiros sintomas de tuberculose.

ABRIL Publica seu primeiro texto, um artigo sobre a palmeira de carnaúba, na revista semanal *Ensaios Literários*, fundada pelos colegas de faculdade em São Paulo.

NOVEMBRO Retorna à capital paulista e ao curso no largo de São Francisco.

1848 Começa a escrever seu primeiro romance, *Os contrabandistas*, concluído dois anos depois (perdido).

1850 Diplomado em São Paulo, retorna à Corte e começa a trabalhar como advogado, ingressando no ano seguinte no escritório de Caetano Alberto Soares.

1854 JULHO-AGOSTO Publica anonimamente ao menos quatro crônicas na coluna "Álbum" do *Diário do Rio de Janeiro*.

3 DE SETEMBRO Estreia o rodapé literário "Ao correr da pena" no *Correio Mercantil*, a convite de Francisco Otaviano. As crônicas desse período são reunidas no volume homônimo publicado em 1874.

1855 JULHO Desliga-se do *Correio* em protesto contra a censura de um artigo de sua autoria — contra a especulação financeira então florescente com a construção das primeiras ferrovias no Brasil — pela direção do jornal.

1856 Torna-se redator-chefe do *Diário*, ao lado do irmão Leonel.

Com pseudônimo *Ig.*, assina no *Diário* oito cartas com críticas demolidoras ao poema épico *A confederação dos tamoios*, de Gonçalves de Magalhães, cuja publicação havia sido patrocinada pelo próprio imperador. Nessas *Cartas*, reunidas em livro no mesmo ano pela Empresa Tipográfica Nacional, do *Diário*, Alencar expõe o programa de uma literatura nacional baseada na natureza e na história brasileiras e nas tradições indígenas.

Lança uma pequena biografia de Honório Carneiro Leão, o marquês de Paraná, logo após sua morte.

Procurando seguir a carreira política do pai, tenta eleger-se deputado do Partido Liberal pelo Ceará, mas fracassa.

DEZEMBRO Publica em folhetim no *Diário do Rio de*

Janeiro o "romancete" *Cinco minutos*, reunido em volume no final do ano como brinde para os assinantes do jornal (edição comercial em 1860). Segundo Antonio Candido, toda a obra romanesca urbana de Alencar consiste de "variação e enriquecimento" do esquema da *complication sentimentale* apresentado em *Cinco minutos* e *A viuvinha*.

1857 JANEIRO-ABRIL Dando sequência ao programa literário nacionalista exposto nas *Cartas sobre a Confederação dos Tamoios*, publica em folhetim *O guarani* (no mesmo ano em volume, pela Impresa Nacional do Diário), modelo do ideal heroico reaproveitado diversas vezes por Alencar. Também em folhetim, *A viuvinha*, editado em volume em 1860.

OUTUBRO-DEZEMBRO Encenação das comédias *O Rio de Janeiro: verso e reverso*, *O crédito* e *O demônio familiar*, no teatro do Ginásio Dramático. Esta última é assistida pelo casal imperial.

1858 Publica as peças *O Rio de Janeiro: verso e reverso* e *O demônio familiar* (Tipografia Soares & Irmão).

30 DE MAIO Estreia da comédia em quatro atos *As asas de um anjo*. Após a terceira representação, a peça é interditada pela polícia da Corte por sua "imoralidade".

1859 Começa a ensinar direito mercantil no Instituto Comercial do Rio de Janeiro, cargo que ocuparia até 1870. Ingressa no serviço público como conselheiro da Secretaria de Negócios da Justiça e consultor de negócios do governo imperial.

1860 Publica no Rio de Janeiro *A viuvinha* (no mesmo volume de *Cinco minutos*), pela Tipografia do Correio Mercantil, e *As asas de um anjo*, pelos Editores Soares & Irmão.

15 DE MARÇO Morte do pai, no Rio de Janeiro.

24 DE MARÇO Representação de *Mãe*, drama em quatro atos de temática abolicionista.

14 DE DEZEMBRO Encenação da ópera cômica em dois atos *Noite de S. João* no Teatro São Pedro de Alcântara, com libreto de Alencar e música de Elias Álvares Lobo regida pelo maestro Antônio Carlos Gomes

(publicado no mesmo ano pela Empresa Nacional do Diário). Alencar não comparece à estreia por estar em campanha eleitoral no Ceará.

1861 Elege-se deputado geral pelo Ceará, filiado ao Partido Conservador. Até 1873, exerce quatro mandatos consecutivos.

Escreve o drama em quatro atos *O jesuíta*, que o ator e empresário teatral João Caetano se recusa a encenar. A peça é levada ao palco somente em 1875.

1862 Retomando o tema de *As asas de um anjo*, publica *Lucíola* sob o pseudônimo G. M., pela Tipografia Francesa de Frederico Arfvedson. Também aparece a primeira parte do romance histórico *As minas de prata,* "continuação do *Guarani*" e seu mais longo trabalho, pela Tipografia do Diário do Rio de Janeiro.

Publicação de *Mãe*, pela Tipografia de F. Paula Brito.

OUTUBRO Estreia no Ateneu Dramático a comédia em quatro atos *O que é o casamento?*, cujo texto não assina.

1863 Inicia a composição da epopeia *Os filhos de Tupã* (inacabada).

1864 20 DE JUNHO Casa-se com Georgiana Augusta Cochrane, sobrinha do famoso almirante Cochrane, e filha de um médico inglês (primo-irmão do famoso militar) que conhece durante o tratamento da tuberculose na Tijuca.

Publica o romance *Diva* sob o pseudônimo *G. M.* pelo B. L. Garnier-Livreiro Editor.

1864-5 Publicação completa de *As minas de prata*, em seis volumes.

1865 Nasce seu primeiro filho, Augusto Cochrane de Alencar.

SETEMBRO Publica *Iracema*, "lenda do Ceará", pela Tipografia de Vianna & Filhos. Escreve um entusiasmado Machado de Assis no *Diário do Rio de Janeiro* em 23 de janeiro de 1866: "Que o autor de *Iracema* não esmoreça, mesmo a despeito da indiferença pública; o seu nome literário escreve-se hoje com letras cintilantes: *Mãe*, *Guarani*, *Diva*, *Lucíola*, e tantas outras; o Brasil tem o direito de pedir-lhe que *Iracema* não seja o ponto final".

Publica em 1865-6, pela Tipografia de Mello, *Ao imperador: Cartas políticas de Erasmo*, em que conclama d. Pedro II a solucionar a crise partidária gerada pela Conciliação de 1853 por meio do exercício efetivo do Poder Moderador e da dissolução da Câmara.

1866 Publica *Ao povo: Cartas políticas de Erasmo*, pela Tipografia Pinheiro & Companhia, uma radical condenação do grupo político liberal que então dominava o Executivo e a Câmara, a Liga Progressista. Seguem-se pelo mesmo editor, com o mesmo tema, o opúsculo *Ao marquês de Olinda*; e, em 1867-8, *Ao imperador: Novas cartas políticas de Erasmo*, em que defende o sistema escravista.

Escreve *Como e por-que sou romancista*, publicado postumamente.

1867 Publica a comédia em quatro atos *A expiação*, ainda inédita, pela casa editorial de A. A. da Cruz Coutinho.

1868 Publica *O sistema representativo*, ensaio em que propõe uma reforma político-eleitoral para fortalecer os partidos políticos, debilitados pela Conciliação.

FEVEREIRO Escreve uma carta a Machado de Assis apresentando-lhe um novo poeta, Castro Alves.

16 DE JULHO Toma posse como ministro da Justiça do gabinete Itaboraí.

1869 Anuncia sua candidatura ao Senado, que é barrada pelo imperador.

Nasce sua filha Clarice Cochrane de Alencar.

1870 9 DE JANEIRO Deixa o Ministério da Justiça.

19 DE MARÇO Estreia com grande sucesso no Teatro alla Scala de Milão a ópera *Il guarany*, com música de Carlos Gomes e libreto de Antonio Scalvini, adaptado de *O guarani*.

Publica *A pata da gazela*, "romance brasileiro" baseado na história de Cinderela, e *O gaúcho*, ambos pela editora do livreiro francês B. L. Garnier. *O gaúcho*, assinado por *Senio*, é seu primeiro romance regionalista, e tem a Revolução Farroupilha como pano de fundo.

Edita, com seu irmão Leonel, o jornal conservador *Dezesseis de Julho*.
Em meados do ano, firma contrato com Garnier para a edição de todas as suas obras futuras.
Nasce sua filha Cecília (Ceci) Cochrane de Alencar.

1871 Publica *O tronco do ipê*, ambientado numa fazenda do interior fluminense.
Polêmicas com o romancista conterrâneo Franklin Távora — "Senio tem a pretensão de conhecer a natureza, os costumes dos povos [...] sem dar um só passo fora do seu gabinete. Isto o faz cair em frequentes inexatidões, quer se proponha a reproduzir, quer a divagar na tela" — e com o escritor português António Feliciano de Castilho, nas quais defende sua literatura romântico-nacionalista.

1872 Lança *Sonhos d'ouro*, com uma "Bênção paterna" à guisa de prefácio na qual reivindica seu pioneirismo na fundação de uma literatura nacional, baseada no português brasileiro.
Publica *Til*, ambientado no interior de São Paulo.
Nasce seu filho Mário Cochrane de Alencar.

1873-4 Publica as duas partes do romance histórico *A guerra dos mascates*.

1874 Publica *Ubirajara*, pela Livraria Garnier, e, pela Tipografia Alemã de São Paulo, *Ao correr da pena*, coletânea de crônicas publicadas no *Correio Mercantil* entre setembro de 1854 e julho de 1855, e no *Diário do Rio de Janeiro*, de outubro a novembro do mesmo ano.
Nasce sua filha Adélia Cochrane de Alencar.

1875 Publica *Senhora, O sertanejo* — ambientado no sertão cearense do século XVIII — e o drama *O jesuíta*.
SETEMBRO Estreia do drama *O jesuíta*, no Teatro São Luís.
OUTUBRO-NOVEMBRO Polêmica com Joaquim Nabuco no jornal *O Globo*, sobre o fracasso das duas únicas encenações da peça *O jesuíta* no Teatro São Luís. Alencar acusa o público da Corte de antibrasileiro, e credita o fiasco aos liberais e maçons. Nabuco retruca com críticas acerbas à obra completa de Alencar

numa série que "tem exatamente por fim descobrir a incógnita de sua vocação literária".

1876 Vende a maior parte de seus bens e viaja à Europa com a mulher e os filhos para tentar tratar a tuberculose, prevendo ausentar-se do Brasil por dois anos. No entanto, após oito meses entre Portugal, Inglaterra e França, retorna ao Rio de Janeiro com a piora de sua saúde.

1877 JANEIRO-MARÇO Edita o semanário *O Protesto*, com críticas ao imperador e a seus adversários liberais.

12 DE DEZEMBRO Morre no Rio de Janeiro, em sua casa no bairro das Laranjeiras. É enterrado no cemitério São Francisco Xavier. Ao receber a notícia, d. Pedro II, embora reconhecendo o valor de Alencar como escritor, teria ajuizado: "mas ele era também um homenzinho bem malcriado!".

1893 Publicação da autobiografia intelectual *Como e por-que sou romancista* e do romance *Encarnação*, ambos pela Tipografia de G. Leuzinger & Filhos, do Rio de Janeiro.

Outras leituras

ALENCAR, Mário de. *José de Alencar.* São Paulo: Monteiro Lobato, 1922.

ARARIPE JR. "José de Alencar". In: *Obra crítica.* Rio de Janeiro: Casa de Rui Barbosa, 1958, vol. I, pp. 128-258.

BOSI, Alfredo. *Dialética da colonização.* São Paulo: Companhia das Letras, 1992.

CANDIDO, Antonio. "Os três Alencares". In: *Formação da literatura brasileira: Momentos decisivos.* São Paulo: Martins, 1956, 2 vol., pp. 220-33.

FREITAS, Euclides. *As ideias literárias de Alencar: Um programa nacionalizante.* Fortaleza: Secretaria de Cultura e Desporto, 1986.

GOMES, Eugênio. "Alencar". In: *Aspectos do romance brasileiro.* Salvador: Progresso, 1958, pp. 9-51.

MONTELLO, Josué. *José de Alencar.* Rio de Janeiro: Bloch, 1973.

MONTENEGRO, Olívio. "José de Alencar". In: *O romance brasileiro.* 2. ed. Rio de Janeiro: José Olympio, 1953, pp. 47-60.

MORAES, Vera Lúcia Albuquerque de. "José de Alencar e a organização do campo intelectual do Segundo Império". In: *Entre Narciso e Eros: A construção do discurso amoroso em José de Alencar.* Fortaleza: Edições UFC, 2005.

SCHWARZ, Roberto. *As ideias fora do lugar.* São Paulo: Penguin-Companhia, 2014.

Machado de Assis

Memórias póstumas de Brás Cubas

Prefácio de
HÉLIO DE SEIXAS GUIMARÃES
Estabelecimento de texto e notas de
MARTA DE SENNA E MARCELO DIEGO

Em 1881, Machado de Assis lançou aquele que seria um divisor de águas não só em sua obra, mas na literatura brasileira. Ao mesmo tempo que marca a fase mais madura do autor, *Memórias póstumas de Brás Cubas* é considerado a transição do romantismo para o realismo.

Num primeiro momento, a prosa fragmentária e livre da obra, misturando elegância e abuso, refinamento e humor negro, causou estranheza, inclusive entre a crítica. Com o tempo, no entanto, o defunto autor que dedica seu livro ao verme que primeiro roeu as frias carnes de seu cadáver tornou-se um dos personagens mais populares da nossa literatura. Sua história, uma celebração do nada que foi sua vida, foi transformada em filmes, peças e HQs, e teve incontáveis edições no Brasil e no mundo, conquistando admiradores que vão de Susan Sontag a Woody Allen.

Esta edição reproduz o prólogo do próprio autor à terceira edição do livro, em que ele responde às dúvidas dos primeiros leitores.

LEIA MAIS PENGUIN-COMPANHIA
CLÁSSICOS

Machado de Assis

Papéis avulsos

Introdução de
JOHN GLEDSON
Notas de
HÉLIO GUIMARÃES

Papéis avulsos, primeiro livro de contos publicado por Joaquim Maria Machado de Assis após a revolução ocasionada por *Memórias póstumas de Brás Cubas*, é integralmente composto por momentos antológicos da ficção curta brasileira. O sumário do volume é por si só impressionante. De "O alienista" a "O espelho", cujo enredo psicológico tem fascinado sucessivas gerações de leitores e escritores, doze clássicos do conto nacional concentram alguns dos melhores personagens e situações do gênio irônico do autor de *Dom Casmurro*.

O livro, com erudita introdução de John Gledson e notas de Hélio Guimarães, oferece a sequência original de publicação dos contos, como indicada por Machado na primeira edição, de 1882. Segundo Gledson, embora a unidade das histórias não seja à primeira vista evidente, com peças tão dissimilares como "A chinela turca" e "A sereníssima república", a estrutura de *Papéis avulsos* permite entrever uma totalidade sutilmente baseada na lógica interna da composição dos enredos, bem como no contexto histórico compartilhado: o Rio de Janeiro escravista e quase bucólico de meados do século XIX, observado por um de seus cronistas mais ferinos e perspicazes.

Machado de Assis

Quincas Borba

Introdução de
JOHN GLEDSON
Notas de
CRISTINA CARLETTI

Publicado pela primeira vez em livro em 1891, portanto depois de *Memórias póstumas de Brás Cubas* (1880) e antes de *Dom Casmurro* (1899), *Quincas Borba* é uma das obras mais marcantes da fase realista de Machado de Assis. O romance remete ao Machado contista que começava a abordar temas historicamente mais próximos de sua época e a explorar os conflitos psicológicos de seus personagens.

O romance, narrado com o ceticismo e a ironia implacável tão presentes na obra machadiana, conta a história do provinciano Rubião — herdeiro do filósofo Quincas Borba — e dos tipos urbanos que o levam à ruína.

Esta edição de *Quincas Borba*, além de mais de uma centena de notas explicativas, traz uma extensa e abrangente introdução do britânico John Gledson, estudioso do autor e tradutor de *Dom Casmurro* para o inglês.

Essencial Jorge Amado

Além de ter se tornado um dos maiores nomes da nossa literatura e o escritor brasileiro mais difundido no exterior, Jorge Amado é um verdadeiro clássico das nossas letras. Seus romances, como *Capitães da Areia*, *Gabriela, cravo e canela*, *Dona Flor e seus dois maridos* e *Tieta do Agreste*, se tornaram extremamente populares, foram traduzidos e publicados em mais de cinquenta países, viraram filmes e novelas. Seus personagens ganharam vida e construíram a imagem de um Brasil mestiço e marcado pelo sincretismo religioso, um país alegre e otimista, sem porém negar as profundas diferenças sociais e os conflitos que marcam a realidade brasileira.

Escritor profícuo, Jorge Amado também é dono de uma das obras mais vastas da literatura brasileira. Em *Essencial Jorge Amado*, o historiador Alberto da Costa e Silva, que, ao lado de Lilia Moritz Schwarcz, coordena a Coleção Jorge Amado na Companhia das Letras, realizou uma seleção a fim de oferecer ao leitor um panorama geral desta obra. Esta edição dá um giro por toda a produção do autor: são trechos de romances, reportagens, contos e uma novela completa, *A morte e a morte de Quincas Berro d'Água*.

Cada trecho é precedido de um comentário de Alberto da Costa e Silva, que contextualiza a obra e a aproxima do leitor de hoje. Além disso, o historiador também assina a introdução do livro.

1ª EDIÇÃO [2016] 2 reimpressões
2ª EDIÇÃO [2020] 4 reimpressões

Esta obra foi composta em Sabon por Alexandre Pimenta
e impressa em ofsete pela Lis Gráfica sobre papel Pólen da
Suzano S.A. para a Editora Schwarcz em abril de 2025

FSC
www.fsc.org
MISTO
Papel | Apoiando
o manejo florestal
responsável
FSC® C112738

A marca FSC® é a garantia de que a madeira utilizada na fabricação do papel deste livro provém de florestas que foram gerenciadas de maneira ambientalmente correta, socialmente justa e economicamente viável, além de outras fontes de origem controlada.